나의 하루를 지켜주는 말

This Just Speaks to Me

1일 1페이지 일상의 쉼표

나의 하루를 지켜주는 말

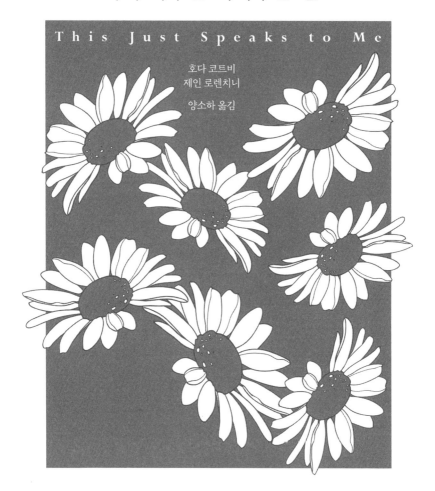

This Just Speaks to Me

호다 코트비
제인 로렌치니

양소하 옮김

한국경제신문

치유, 그리고 무한한 희망을 위해
다음 세대의 이름으로
이 책을 바칩니다.

좋은 말은 우리를 좋은 하루로 이끈다

사실 난 감자튀김과 명언에 공통점이 있다고 본다. 둘 다 절대 질리지 않을 거다! 당신은 어떤가? 내가 볼 땐 영감을 빨리 얻고자 하는 욕구가 누구에게나 있는 것 같다. 우리는 소용돌이치는 별들의 은하처럼 저마다 독특함과 단순함이 빛나는 명언에 매혹된다. 읽고 또 읽으면서 예술적으로 표현된 진실을 흡수한다. 명언들을 읽으며 흠뻑 빠져들기도 하고 때로는 도리어 외로움을 느끼기도 하지만, 항상 감사하는 마음이 든다. 펜으로 쓰였든 컴퓨터 자판으로 쓰였든 간에, 두려움을 잠재우거나 기운을 북돋우기 위해 강력한 문장에 의존한다. 그런 의미에서 모든 언어의 마술사에게 감사드린다!

2019년에 내가 가장 좋아하는 명언을 모아《오늘 나에게 정말 필요했던 말》을 출간했다. 하루를 시작하거나 마무리할 때 격려받을 수 있는, 편하고 아늑한 장소를 만든다는 개념이었다. 출근길에 종종 그 책을 들고 내게 다가오는 사람들을 만났는데, 매우 멋진 일이었다! 그들은 자신에게 의미 있는 날짜나 명언이 적힌 페이지를 펴서 내게 사인을 부탁하곤 했다. "이거 제 명언이에요"라면서 그 페이지를 어루만졌다. 한 독자는 포스트잇이 빼곡한 책을 보여주며 딸에게 특히 도움이 될 만한 명언을 표시해놓은 거라고 했다. 페이지마다 여백에 엄마 생각도 적었다며 자랑스럽게 보여주었다. 엄마가 딸에게 주는 선물로 최고가 아닐까? 어쩌면 그 문장들이 모녀를 특별한 대화로 이끌어주었으리라. 또 다른 여성은 가장 좋아하는 여성 그룹 멤버들에게 책에 적힌 명언을 매일 포스팅한다면서 '적어도 하루에 한 번은 인사를 하게 하는 방법'이라고 말했다.

정말 많은 이들이 힘들고 도움이 필요한 친구나 가족에게 그 책을 선물한다는 사실을 알고 아주 뿌듯했다. 수많은 사람이 내 사인이 담긴 책을 지인에게 선물하기 위해 네 권, 여섯 권, 심지어 여덟 권씩이나 들고 사인회장에 나타났다. 그런 걸 보면, 상처 입은 사람에게 무슨 말을 건네야 할지 몰라 난감해하는 사람이 많은 듯하다.

아마 당신에게도 그런 일이 한두 번은 있었을 것이다. 그럴 때 힘을 발휘하는 게 명언이다. 명언은 다정한 손길로 우리와 우리가 사랑하는 사람들을 구해낸다.

더욱이 2020년은 전 세계를 휩쓴 코로나바이러스로 구원의 손길이 절실히 필요한 해였다. 지구에 사는 모든 사람의 삶이 바뀌었다. 일상이 흐트러지고 사회는 분열됐으며, 많은 이들이 절망에 빠졌다. 심지어 사랑하는 사람을 갑작스레 떠나보내야 하는 지독한 일들도 있었다. 텅 빈 거리는 불안과 절망감으로 가득 찼고, 임시로 설치된 영안소는 소름 끼치도록 무서웠다. 바이러스의 확산을 막기 위해 만남과 이동이 제한되면서 사람들은 '예전에 누리던' 삶에 굶주렸다. 그런 가운데서도 의료진 전사들과 긴급구조대원들, 트럭 운전사들, 식료품 가게 직원들, 집배원들, 그리고 그 밖에 많은 사람이 더 커다란 선을 위해 목숨을 걸었다. 정말 감사한 일이다.

모든 상황이 이상하게 돌아갔지만, 적어도 나는 직업을 유지하고 있었다. 하지만 많은 사람이 일자리를 잃었고 고통스러워했다. 우리 스튜디오에도 나와 카메라맨밖에 남지 않았는데, 단둘이 외롭게 일하는 상황이 얼마나 비현실적으로 느껴졌는지 모른다. 우리는 매일 전 세계에서 벌어지는 가슴 아픈 광경을 방송했다. 이탈리아로 향하는 관을 가득 실은 트럭들, 요양원에서 대피하기 위해 휠체어에 몸을 맡긴 연약한 노인들, 마스크에 쓸려 생긴 상처에 반창고를 붙인 간호사들…. 나는 동료들이 그리웠고, 바쁘게 흐르던 하루의 복작임이 그리웠다.

퇴근 후 집에 돌아와서는 남편 조엘과 함께 두 딸의 건강과 행복을 지키기 위해 극도로 집중했다. 혼자 계신 엄마 걱정도 떨쳐낼 수가 없었다. 특유의 강인함과 긍정적인 태도로 고립 상황을 견디고 계시지만, 언제 어떤 일이 닥칠지 누가 알겠는가. 우리 가족은 목요일마다 식탁에 아이패드 줌(Zoom)을 켜놓고 엄마를 기다렸다. 화면 건너편에서 엄마가 나타나면 비로소 식사가 시작됐다. 일테면 비대면 가족 모임이다. 엄마는 이 특별한 날을 위해 풀 메이크업을 하고 옷을 멋지게 차려입고 나타나셨다.

"네가 만든 연어 요리 먹어보고 싶다."

"할머니, 꼭 놀러 오세요!"

우리는 현대 기술에 감사하며 매주 돌아오는 저녁 식사 날을 고대했다.

각 주의 봉쇄가 조금 느슨해져 가던 즈음, 미국은 미니애폴리스에서 발생한 조지 플로이드의 비극적인 사망 사건(2020년 5월 25일 발생한. 흑인 남성이 백인 경찰에게 체포되는 과정에서 과잉진압에 의해 질식사한 사건-옮긴이)으로 또 한 번 큰 충격에 휩싸였다. 전국적으로 텅 비었던 거리는 고통과 분노에 차 변화를 요구하는 시위대로 가득 찼다.

우리가 눈감고 지내는 동안 고통받아온 이웃들의 현실이 적나라하게 드러났다. 서로를 동등하게 대우하고 존중해야 한다는 절박한 마음으로 진정한 변화를 갈망했다.

이 일로 우리에게 경각심이 생겼을까? 우리 사회가 인종차별과 거리가 먼 공동체로 바뀔 수 있을까?

나는 그 어느 때보다도 우리가 노력하고 있다고 믿는다. 2020년은 물리적, 정서적, 정신적인 면에서 그런 도전이 끈질기게 이어진 해였다. 당신이 이 글을 읽을 때쯤이면 우리의 몸과 사회 모두 크게 개선되었길 바란다.

삶에 관한 불안한 진실은 이 여정이 만족과 역경을 오르내리는 롤러코스터라는 점에서 비롯된다. 인생은 절대 예상할 수 있게 순탄히 흘러가지 않는다. 매일같이 모든 것이 바뀔 수 있고 실제로도 그랬다. 그래서 우리가 명언을 간절히 원하는 게 틀림없다. '우리는 축복받았다'라든지 '아직 늦지 않았다'라든지 '항상 친절하게 대하라'와 같은, 짧고 부드럽게 우릴 상기시키는 말들을 사람들은 갈망한다. 나 역시 별 감흥이 없던 문장이 어느 날 갑자기 무덤까지 가져갈 최고의 명언이 될 수 있단 걸 깨달았다. 왜냐하면 삶이 나를 변화시키기 때문이다.

말은 깊은 고통이나 헤아릴 수 없는 사랑으로 불씨를 일으키기 전까지는 그저 평범한 문장일 뿐이다. 그렇지만 일단 불이 댕겨지면 놀라운 힘을 발휘한다.

이 책은 우리가 가장 아끼는 명언을 즐기고, 조금이나마 자신을 치유할 또 하나의 기회다. 그러니 커피나 와인 한 잔을 들고 한 페이지씩 넘겨보자. 단 몇 분만이라도 가만히 멈춰서 더는 피할 수 없는 하루의 고됨을 녹여보자. 여기 실린 365개의 명언이 당신의 1년을 평안과 행복으로 채워줄 것이다.

1월
◇◇◇◇◇◇

JANUARY

일어나라. 다시 시작하라.

브레네 브라운 Brene Brown**(미국의 대중심리학자 · 작가)** ○

새해 첫날인 오늘, 앞으로 어떤 일이 일어나도 맞설 수 있도록 브레네 브라운의 연설 중 일부를 소개한다.

"추락해도 다시 날아오르고 좌절해도 다시 일어나 눈앞에 닥친 상황을 극복하려면, 우선 자신이 추락했고 좌절했으며 실수를 저질렀다는 사실을 인정해야 합니다. 상처받은 자신, 슬퍼하는 자신, 실망과 후회의 감정을 느끼며 수치스러워하는 자신을 인정할 만큼의 용기가 필요하다는 뜻입니다. 어떤 감정을 느끼든 받아들여야 합니다. 우리 안에 감춰진 미지의 감정을 그냥 내버려 둔다면 다시 시작할 수 없습니다. 용감하고 호기심 많은 태도로 실패의 감정을 파고들어야 합니다."

실패는 어떤 성공보다도 자신에 대해 훨씬 더 많은 것을 알려준다! 이 강력한 두 문장을 기억하자. "일어나라. 다시 시작하라."

심각하게 받아들이지 마세요.
오늘 여기 있는 우리는 내일이면 사라지니까요.
그러니 우리가 존재하는 모든 순간을 즐기면 됩니다.

디팩 초프라 Deepak Chopra**(인도의 의학박사 · 작가)**

만약 맞은편에 디팩 초프라가 앉아 있다면 당신도 분명 평온해질 것이다. 그의 차분함은 전염성이 강하기 때문이다. 그는 소셜 미디어를 대할 때 균형 잡힌 사고를 유지해야 한다고 조언했다. 어떤 말을 하든 비난하거나 시비를 걸고 공격하는 사람들이 있기 마련인데, 이를 너무 심각하게 받아들인다면 평생 불쾌하기만 할 수도 있기 때문이라고 했다.

"그러면 우리는 생물학적 로봇이 되어버릴 겁니다. 늘 사람과 주변 상황에 영향을 받아 예측 가능하게 움직이는 로봇 말이에요. 거리의 모르는 사람들에게 휘둘리는 삶이라니, 정말 끔찍하지 않습니까?"

1월 3일 ●

가문, 인맥, 친척, 가족.
그들을 어떤 이름으로 부르든,
그리고 당신이 어떤 사람이든 그들은 우리에게 꼭 필요하다.

제인 하워드 Jane Howard**(영국의 소설가)** ○

내 소중한 친구 제니의 어머니는 자녀들에게 '피는 물보다 진하다'라고 입버릇처럼 말한다. 언뜻 듣기에 무슨 소리인가 싶겠지만, 서로를 가장 소중히 여기라고 독려하는 그녀만의 방식이다. 그 덕에 제니네 가족은 어려운 일이 닥칠 때마다 서로의 지원자가 되어 고난을 헤쳐왔다.

소중한 사람을 찾을 때 이 문장이 도움이 될 것이다. 모든 이에겐 뒤에서 조용히 우리를 지켜봐 줄 사람들이 필요하다.

1월 4일

출발하게 하는 힘이 동기라면,
계속 나아가게 하는 힘은 습관이다.

짐 라이언Jim Ryun(미국의 육상선수 출신 정치인)

"잠옷을 입는 일처럼 이미 하던 일과를 따르세요. 그런 다음엔 새로운 습관을 들이는 겁니다."
《작은 습관들(Tiny Habits)》의 저자인 B. J. 포그는 새로운 습관을 만들고 싶다면 세리머니를 하듯 주먹을 불끈 쥐며 "아주 좋았어!"라고 외치라고 조언한다(그는 이 행동을 '감정 강화 습관'이라고 불렀다). 내가 일상에서 시도해볼 만한 방법이 없느냐고 물었더니, 매일 집에 도착하면 휴대전화를 들여다보지 말라고 말해줬다.
주먹 세리머니의 효과는 놀라웠다. 최근에 헤일리가 휴대전화로 이메일 좀 확인하라고 한 걸 보면 내가 얼마나 바뀌었는지 짐작할 수 있을 것이다.
요점은 이렇다. 나는 노력했고 꽤 즐거웠다. 아직 습관이라고는 말할 수 없지만. 무언가를 바꾸고 싶은가? 그럼 바꿔라. 그런 다음 주먹을 불끈 쥐고 큰 소리로 외쳐라.
"아주 좋았어!"

답을 안다고 생각하는 사람들과는 항상 거리를 둘 것이다.
"저것 봐!"라면서 놀라 웃고,
고개도 숙일 줄 아는 사람들과 항상 함께하겠다.

메리 올리버Mary Oliver(미국의 시인)   ○

코로나19가 가져온 위기 속에서 우리는 다른 사람들과 강제로 거리를 두며 지내고 있다. 항공편조차 상당히 축소됐는데, 그래서 나는 이 격동의 시기에 사우스웨스트항공의 어느 승무원이 보여준 유머가 정말 반가웠다.
한 남자가 촬영한 영상에서 승무원은 비행기에 탄 단 한 명의 탑승객에게 이렇게 말한다.

승무원 "탑승을 진심으로 환영합니다, 밥."
밥   "감사합니다."

그러고는 비행기에서 내리는 즉시 할머니께 전화를 걸어, 이번 비행이 인생 최고였다고 말하라면서 눈을 찡긋했다.

당신을 보고 사랑에 빠진 나, 그걸 알고 미소 짓는 당신.

아리고 보이토Arrigo Boito(이탈리아의 작곡가 · 극작가)　　　　ㅇ

미국 매사추세츠에 사는 여든여덟 살의 남자가 사다리차를 타고 코로나19로 폐쇄된 재활센터의 아내를 찾은 모습에 많은 사람이 깊이 감동했다. 61년간 결혼 생활을 해온 이 부부는 한 달 동안이나 만나지 못했다. 그러다가 마침내 남편이 한 업체의 도움으로 아내가 있는 3층에 올라갈 방법을 찾아냈다.

마스크와 장갑을 착용한 그는 하얀 사다리차에 탄 채 아내가 있는 호실의 창가에 머물렀다. 그렇게 20분간 대화를 나눈 후 남편이 '사랑해 여보'라고 쓴 글씨를 보여줬다. 아내도 화답했다. "나도 사랑해요. 당신이 생각하는 것보다 훨씬 더요."

하루도 빼놓지 않고 서로를 봐온 노부부는 잠시나마 함께 시간을 보낼 수 있던 것에 감사했다.

진정한 사랑은 언제나 방법을 찾아낸다!

1월 7일

○

우주가 가지런히 늘어서고, 머릿속을 떠돌던 음악이
바깥세상의 음악과 제대로 어울리면 '완벽한 순간'이다.
모든 것이 잘 흘러가고 있다.

휴 엘리엇 Hugh Elliot**(영국의 외교관)**

지금도 그 일이 일어났다는 걸 믿기 힘들다. 대기실에서 〈엘런
디제너러스 쇼〉를 준비하는 동안 우리는 얼리샤 키스의 〈언더독
(Underdog)〉이라는 노래를 몇 번이고 반복해서 들었다.

그날, 우리에게 마법 같은 순간이 찾아왔다. 신나게 노래를 듣다
가 우연히 뒤를 돌아봤는데, 글쎄 바로 그 얼리샤 키스가 복도를
지나가고 있는 게 아닌가! 나는 그녀의 이름을 미친 듯이 불렀고
거의 정신을 잃을 지경이었다. 어떻게 이런 일이 일어날 수가 있
지? 그녀도 우리와 함께 노래를 따라 부르기 시작했다. 누가 시키
지도 않았는데 스스로!

어쩌면 오늘, 당신에게도 이런 완벽한 순간이 기다리고 있을지
모른다. 부디 그 순간을 맞이할 준비를 착실히 해두길!

배우면 가르치고, 받으면 나눠라.

마야 안젤루 Maya Angelou**(미국의 인권운동가·시인)** ○

에밀리 스미스는 할아버지가 1955년에 문을 연 트레몬트 구디 숍을 운영하고 있었다. 2020년, 코로나19 때문에 유동 인구가 줄어 폐업할 상황에 처하자 궁여지책으로 직원 수를 줄이고 포장 주문에 의지하게 됐다. 다른 가게들처럼 힘겹게 하루하루를 버텼고, 에밀리는 3대에 걸쳐 전해 내려온 소중한 가게를 잃어버리지 않을까 노심초사했다. 그러던 어느 날, 급여 작업을 하고 있는 에밀리에게 한 단골손님이 전화를 걸어 초콜릿 커스터드 도넛을 주문했다. 이름을 밝히길 한사코 거절한 그 단골손님은 자신이 재난지원금으로 받은 1,000달러를 도넛값으로 지불했다. 에밀리는 이렇게 말했다.

"그때 전 말을 이어갈 수가 없었어요. 우느라 목이 잠겼거든요."

받았다면 나누자. 그게 아주 작은 것이라도.

1월 9일

호기심이 많은 사람은 축복받은 사람입니다.
곧 모험을 떠날 테니까요.

러블레 드라크만 Lovelle Drachman

우리 집에는 딸 헤일리를 위해 그날의 계획을 적어둔 화이트보드가 있다. 나는 계획에 항상 '모험을 떠나라'라는 말을 포함시킨다. 설령 그 모험이 편의점 가는 것처럼 정말 간단한 일일지라도.

"좋아, 헤일리. 우리가 지금부터 떠날 모험의 첫 번째 목적지는 약국이야. 약국이 어디에 있을까?"

뉴욕시에는 수백 개의 약국이 있다. 그래도 헤일리는 탐험대의 일원이 된 사실에 흥분하며 주변을 열심히 둘러본다.

"알았어요! 잠깐만요, 엄마!"

아이들의 상상력은 우리가 할 수 있는 어떤 모험보다도 크다. 그래서 나는 아이의 상상력에 불을 붙이고, 아이가 천방지축 뛰어다니게 만드는 일에 최선을 다한다.

할 가치가 있는 모든 것은 두려워하는 일부터 시작된다.

아트 가펑클 Art Garfunkel **(미국의 가수)**　　　　　　　○

미국의 우주비행사 크리스티나 코흐는 국제 우주정거장에서 328일을 체류하며 우주 궤도상에서 1년 가까이 상주한 최초의 여성이라는 기록을 세웠다. 〈투데이〉에서 내보낸 관련 영상은 지구로 돌아온 뒤 우주 캡슐 위에서 빛나던 그녀의 얼굴을 비추었다. 그녀는 기쁨을 주체할 수 없어 보였다! 그도 그럴 것이, 임무를 완수했고 우주 비행사가 되겠다는 어릴 적 꿈을 이룬 데다가 이제 막 집으로 돌아온 참이었으니까.

"지구에 돌아온 지 2분 만에 지난 1년간 봤던 것보다 더 많은 사람의 얼굴을 봤어요." 크리스티나가 말했다.

지구에 온 걸 환영해요, 크리스티나! 그녀가 모두에게 말한다.

"당신을 두렵게 만드는 일을 하고, 닿을 수 없어 보이는 것들을 좇으세요."

1월 11일 ●

고장 난 건 고쳐지고 아픔은 치유됩니다.
그리고 아무리 어두워도 태양은 다시 떠올라요.

○

코로나19 사태가 지속되는 동안 지칠 대로 지친 병원 직원들은 환자가 산소 호흡기를 떼거나 퇴원할 때 비틀스의 노래 〈해가 떠오르고 있어(Here Comes the Sun)〉를 틀기로 했다. 아주 기발한 아이디어다!

그날 이후, 환자가 마취에서 깨어나거나 퇴원할 때마다 간호사가 직원에게 전화해서 "코드 선(Sun)"이라고 말하게 됐다. 그러면 기분을 좋아지게 하는 음악이 병원 건물을 가득 채우며 환자와 직원 모두에게 승리의 기운을 전해줬다. 하루 동안 총 열두 번의 '코드 선'이 발동된 날도 있다. 이 코드들은 모두의 심장을 따스하게 하고 절실했던 희망 한 줄기를 선사했다.

끌어낼 수 있는 최고의 너를 보여주렴.

넬리 바일스Nellie Biles(미국의 체조 선수인 시몬 바일스의 어머니)   ○

새해 결심을 지키고자 노력하고 있다면 이 문장이 동기를 부여해 줄 것이다. 올림픽 체조 종목의 슈퍼스타 시몬 바일스는 〈투데이〉에 출연해 어머니 넬리가 '끌어낼 수 있는 최고의 나'가 되도록 자신을 키웠다고 했다. 그녀는 정말 그렇게 자랐다.

"어려서는 다른 누군가를 존경하는 마음이 저에게 동기를 일으켜 주었습니다. 그런데 커가면서 곰곰이 생각해봤어요. 만일 끌어낼 수 있는 최고의 저 자신이 된다면 그리고 다른 사람들도 최고의 자기 자신이 된다면, 결국은 우리 모두가 승리하는 길이 아닌가 싶더라고요."

공중에서 몸을 세 번 비트는 동시에 공중제비를 두 번 돌 때 이 말이 도움이 됐다니, 분명 우리에게도 효과가 있을 것이다. 우리 역시 오늘, 끌어낼 수 있는 최고의 자신이 될 수 있다.

아이가 태어날 때마다 세상은 순수함으로 새로워진다.

보이드 K. 패커Boyd K. Packer(미국의 종교인)

아이들이 지닌 가장 큰 장점 중 하나는 자신 안의 세상과 모든 사람을 얼마나 단순하게 보는가 하는 것이다. 컨트리 음악계의 슈퍼스타 캐리 언더우드가 들려준 이야기다. 어느 날 그녀는 네 살짜리 아들 이사야가 유치원에서 해온 '우리 엄마에 대해'라는 숙제를 보고 아들이 자신을 어떻게 생각하는지 살짝이나마 알게 됐다.

- 나는 우리 엄마가 '일흔 살'라고 생각한다.
- 우리 엄마의 직업은 '빨래하는 사람'이다.
- 우리 엄마는 '빨래 개기'를 정말 잘한다.

정말 귀여웠다! 캐리는 세계적인 유명 인사이지만 그녀의 어린 아들은 그녀를 엄마로서 바라보고 사랑한다. 이 얼마나 순수하고 달콤한 사랑인지.

1월 14일 ●

예기치 못한 친절은 사람이 변화하는 데 가장 강력하고,
비용이 제일 적게 들면서도, 제일 과소평가되는 요인이다.

밥 케리 Bob Kerrey**(미국의 정치인)** ○

에밀리 필립스는 의사인 남편이 언젠가는 치명적인 바이러스에 감염될지 모른다는 걱정을 좀처럼 떨쳐버릴 수 없었다. 에밀리는 페이스북에 질문을 올렸고, 이 질문은 그녀의 가족뿐 아니라 다른 사람도 활용할 수 있는 놀라운 해결책으로 이어졌다. 그녀는 그곳에서 레저용 차량(RV)을 제공받았고 코로나 의료진을 연결해주는 'RVs 4 MDs'라는 온라인상의 조직 또한 소개받았다. 이 예비 이동 주택은 사랑하는 사람들과 떨어져 지내야 했던 전국의 의료진에게 제공됐다.

페이스북에 올라온 게시물은 감동을 불러일으켰다. 의사와 간호사, 구급대원들이 감사 문구가 적힌 종이를 들고 저마다 고마움을 전하는 영상이었다. 얼마나 똑똑하고 배려심 깊은 해결책인가. 이것이 바로 우리가 살아가는 방식이다!

나만의 세계의 창문을 여는 것부터 조금씩 자신을 세상과 공유해보세요.
괜찮은 시작이 될 겁니다.

제프 그린월드 Jeff Greenwald(미국의 작가 · 사진가)   ○

이모지피디아(Emojipedia)라고 불리는 한 단체가 2020년 4월 한 달간 사람들에게 가장 인기가 많았던 이모티콘을 조사해 발표했다. 가장 많이 사용한 5위까지의 이모티콘은 다음과 같다.

1. 기쁨의 눈물을 머금은 얼굴 이모티콘
2. 큰 울음을 터뜨리는 얼굴 이모티콘
3. 걱정스러운 눈으로 애원하는 얼굴 이모티콘
4. 바닥을 구르며 웃는 동작 이모티콘
5. 빨간 하트 이모티콘

사람들은 모두가 느끼고 있는 격동의 감정을 이모티콘에 반영하고 있었다.

1월 16일

헌신과 결단, 그리고 노력이 당신의 꿈에 생명을 불어넣을 것이다.

라돈나 M. 쿡 LaDonna M. Cook(미국의 작가 · 시인)   ○

프로그램을 같이 진행하는 제나 부시 해거가 넷플릭스의 다큐멘터리 시리즈 〈치어(Cheer)〉를 소개해줬다. 이 프로그램은 치어리더에 관한 많은 사람의 생각을 변화시켰는데, 미국 텍사스의 나바로대학 운동선수들이 전국 대회 출전을 준비하는 동안 소속 치어리더팀 역시 대회를 준비하는 모습을 취재한 것이다. 복잡한 치어리더의 몸짓처럼, 방송은 운동 · 투쟁 · 고통 · 사랑 · 헌신이 한데 어우러진 매력적인 조합을 보여준다. 나는 처음부터 이들의 놀라운 능력과 협동심에, 또 그들의 코치인 모니카 알다마의 리더십에 감탄했다.

그리고 그들의 스포츠와 삶을 엿본 우리는 이제 팀을 응원하는 것만큼이나 그들을 응원하게 됐다.

"파이팅 나바로!"

단순한 삶을 살아라.

○

코로나19는 사람들이 많은 부분에서 전보다 더 단순한 삶을 살게 했다. 소셜 미디어에는 오늘 하루를 더 즐겁게 보낼 수 있는 간단하고도 수많은 아이디어가 소개됐다. 나는 '누구나 할 수 있는 아이스크림 가게' 게시물을 보고 따라 해보기로 했다.

우선 현관으로 통하는 창문에 커튼을 쳤다. 이 정도면 가게로 보일 법했다. 그런 다음 헤일리에게 아이스크림 푸는 방법과 손님에게 돈을 받는 방법을 간단히 알려줬다. 우리는 급조한 가게에 10센트와 빈 아이스크림콘을 가져와 헤일리가 콘에 바닐라 아이스크림을 채울 수 있게 도와주고, 아이스크림 위에 무지개색 설탕 과자를 잔뜩 뿌렸다. 물론 '직원'이 수익의 대부분을 먹어 치웠지만 그래도 무척 즐거웠다. 모두 간단한 아이디어와 우리 귀여운 일꾼 덕분이다.

1월 18일

온화한 방법으로 세상을 뒤흔들 수 있다.

마하트마 간디Mahatma Gandhi(인도의 정치인)

2020년 어느 날, 마틴 루서 킹 주니어의 뒤를 이을 에너지 넘치는 꼬마 연사를 만났다. 열 살의 그레고리 페이톤이다. 그레고리는 미국 캘리포니아의 오클랜드에서 매년 개최되는 어린이 스피치 대회의 참가자로, 마틴 루서 킹 주니어에게 영감을 받아 쓴 시와 연설문을 발표했다. 그레고리의 스피치는 작은 체구 어디에서 그런 힘이 나오는지 의아할 만큼 열정적이었다. 그가 스피치를 끝마치자 관중은 열광했다!

커서 무엇이 되고 싶으냐는 제나의 질문에 그레고리가 미소지으며 답했다.

"마틴 루서 킹처럼 전도사가 되고 싶어요."

우리는 그레고리의 할아버지가 전도사라는 사실에 놀라지 않았다. 그레고리, 넌 유전자에 축복받은 영감이 있는 거야!

1월 19일

중요한 것은 외부 사건이 아닌 나 자신의 마음이다.
이것만 기억한다면 다시 힘을 낼 수 있다.

마르쿠스 아우렐리우스 Marcus Aurelius**(로마의 황제 · 철학자)**
○

이런, 정신 차려야 해. 가만히 두면 머릿속에선 쓸데없는 생각이 쉼없이 떠들어대기 마련이다. 우리는 자신이 마음의 주인임을 확실히 하고 사랑, 친절, 평화, 기쁨, 감사가 머릿속에서 중요한 화젯거리가 되도록 통제할 수 있어야 한다.

1월 20일 ●

우리는 완벽할 필요가 없기 때문에 무엇이든 잘할 수 있습니다.

존 스타인벡John Steinbeck(미국의 소설가) ○

더 나은 성과를 내기 위해 노력하는 건 좋은 일이다. 하지만 최선을 다했는데도 성에 차지 않는다면 욕심이 지나친 건 아닌지 생각해볼 필요가 있다. 완벽을 꿈꾸기보다 한 걸음 한 걸음 내딛는 데 집중하자.

1월 21일 ●

무엇 때문이었는지 기억하라.

○

코로나바이러스가 유행하는 동안 수많은 회사가 재정난에 내몰
렸다. 진정한 꿈의 불꽃을 다시 피워내려 애쓰는 모든 기업인에
게 사랑과 응원의 마음을 전한다.

행복은 두 팔 벌린 사람들에게만 찾아와요.

○

미식축구 선수이자 감독이었던 토니 던지와 아내 로런은 열 명의 아이에게 두 팔을 벌리고 마음도 열었다. 위탁 돌봄과 입양을 지지하는 이 부부는 《우리는 널 선택했어(We Chose You)》라는 아동 도서를 공동 집필하기도 했다.

"입양되는 아이는 일찌감치 예정된 사람이고 누군가가 간절히 원하는 존재입니다. 아이가 이 사실을 안다면 안정감을 느낄 거예요."

이 책은 부모들에게 자녀와 대화할 때 어떻게 접근해야 할지 알려줄 뿐 아니라, 아이들에게도 따스한 위로를 전해준다. 토니가 말했다.

"이 책에서 우리는 아이들에게 '이상한 게 아니야. 입양되는 건 나쁜 게 아니란다. 신이 너를 너의 가족에게 다른 방법으로 데려다줬을 뿐이야'라고 이야기하고 싶었습니다."

지금도 얼마나 많은 아이가 두 팔 벌려 환영받기를 기다리고 있는지 이 책을 통해 많은 사람이 알게 됐으면 좋겠다.

1월 23일 ●

도전은 인생을 흥미롭게 하고 도전에 성공하는 건 인생을 의미 있게 한다.

조슈아 J. 마린 Joshua J. Marine(**독일의 작가**)　　　　　　○

NBC 뉴스의 기상학자 딜런 드레이어가 출산을 한 지 5주가 지났을 때다. 나는 주말여행 겸 헤일리를 데리고 딜런의 집을 방문했다.

딜런에게 어떻게 지냈느냐고 물었더니 "다른 엄마도 그렇겠지만 천국에 있는 것처럼 행복하면서도 피곤해"라고 말했다. 갓 태어난 아기 올리버에게 모유를 먹이며 칼뱅을 돌봐야 했기에 낮잠은 꿈도 꿀 수 없다고 했다. 딜런은 정말 굉장하다. 가족 한 명이 더 늘어났다는 혼란을 뛰어넘어 기쁨을 느끼고 있었다.

변명은 실패한 사람을 위한 거예요.

캔디스 캐머런 뷰레 Candace Cameron Bure**(미국의 영화배우)** ○

새해 결심이 흔들릴 때마다 이 문장을 떠올리게 된다. 내가 진행하는 코너 '누군가의 명언(Quoted By)'에서 캔디스 캐머런 뷰레와 인터뷰를 한 적이 있다. 그녀는 이 문장을 꼽으면서 '따스하고 포근'하지는 않지만, 자신과 남편이 오랫동안 마음속에 새겨온 일종의 주문이라고 말했다.

"이 문장은 우리 집의 가훈이기도 해요. 제 남편이 처음 만났을 때부터 이 말을 했거든요. 그러니까, 25년이나 됐네요. 승자가 되기 위한 것이 아니라 성향을 만들어가는 것에 관한 말이라 좋아요. 변명할 필요가 없다는 뜻이죠. 그냥 한번 해보세요."

오늘은 새해 목표로 단단히 무장한 채, 고개를 저으며 이렇게 말하는 캔디스를 상상해본다.

"안 돼. 변명은 실패한 사람을 위한 거야."

어느 날 잠에서 깼을 때
갑자기 지난 몇 주, 몇 달,
심지어 몇 년간의 무게가 어깨를
짓누를 겁니다.
그날이 찾아오는 시기를
마음대로 정할 수는 없어요.
할 수 있는 건 오직
강한 마음을 지니고 언젠가 닥칠
그날의 상황을 받아들이는
것뿐입니다.

○

바로 이렇게. 괜찮은데! 기다려야지.

슬픔은 나약함이 드러난 것도, 믿음이 부족한 것도 아니다.
그저 사랑의 대가일 뿐이다.

○

미용실에서 손톱 손질을 하고 있는데 말도 안 되는 끔찍한 속보가
TV 화면에 자막으로 떴다. NBA의 슈퍼스타 코비 브라이언트가
사망했다는 것이다. 몇 초 동안 꼼짝도 할 수 없었다. 코비가 죽었
다고? 마흔한 살 한창때인데? 캘리포니아의 안개 낀 칼라바사스
에서 헬리콥터가 산비탈로 추락해 당시 헬리콥터에 타고 있던 아
홉 명이 모두 사망했다고 한다. 이 소식에 전 세계가 충격에 빠졌
다. 탑승객 전원이 사망한 것도 너무 비통했지만 특히 나는 코비
의 아홉 살 난 딸 지아나가 사망했다는 사실에 마음이 무너지는
듯했다.
그날부터 우리 가족은 그들을 위해 기도한다. 코비와 지아나에게
평온을.

1월 27일 ●

어딘가를 간다면 그곳은 집이다.
또 누군가를 사랑한다면 그 사람은 가족이다.
집과 가족 모두 있다면 이는 축복이다.

○

코로나에 걸릴 위험성이 높은 일을 하는 사람이 여러 명인 가정에선 요즘 상황이 얼마나 공포스러운지 모른다.

응급실 의사 제이슨은 아내와 두 어린 아들을 안전하게 지키기 위해 뒷마당이 있는 나무집으로 이사했다. 제이슨의 아내는 직접 만나는 건 어려울지라도 남편과 아이들이 함께하는 시간을 만들어주고 싶었다. 제이슨은 퇴근해서 집에 돌아오면 마치 암벽을 타듯이 벽을 기어 올라 작은 문을 통해 위층으로 들어가는데, 그러는 동안 아이들과 안부를 나눈다. 아빠 제이슨은 분명 '멋짐' 점수를 잔뜩 받았을 것이다!

이 불안한 시기에 안전 유지를 위해 애쓰는 모든 가족에게 응원의 말을 전한다.

집에 돌아와 차를 끓이고
안락의자에 앉으면
사방이 고요해진다.
이것이 고독인지 자유인지는
우리가 마음먹기에 달렸다.

○

전염병이 유행하는 동안 격리된 채 몇 달을 보냈다.
이제 '자유'를 당연하게 여기는 사람은 많지 않을 것 같다.

우리는 가족을 선택하지 않습니다.
가족은 신이 준 선물이며 우리 역시 가족에게 주어진 선물입니다.

데즈먼드 투투Desmond Tutu(아프리카의 종교인)
○

가족은 진정한 선물이다. 샘포드대학교의 축구 선수 조지 그림웨이드는 일곱 살 때 마이클의 아들이 됐다. 영상에서 우리는 어린 조지가 새아빠의 목을 감는 장난을 치거나 10대였던 새아빠 마이클이 조지의 넥타이를 매주는 사진을 볼 수 있었다. 가슴 뭉클한 장면이었다.

중요한 시합 날, 조지는 관중석에 앉아 있던 마이클을 찾아와 이렇게 말했다.

"제가 아빠를 얼마나 사랑하는지 아시죠? 아빠와 함께한 시간이 저한테는 가장 소중해요. 아빠는 제게 이 세상 전부예요." 그러고는 등을 돌려 새 성이 새겨진 유니폼을 보여줬다. 성인이 된 조지는 법적으로 성을 바꿔 '조지 무스토'가 됐고, 새아빠의 성 '무스토'를 자신의 축구 유니폼에 새긴 것이다! 둘은 눈물을 흘리며 포옹을 나눴다.

이제 무스토라는 성은 조지와 영원히 함께한다.

1월 30일 ●

넌 여기 있어야 해. 지금은 너를 위한 순간이니까.

허브 브룩스 Herb Brooks**(미국의 전 아이스하키 선수 · 코치)** ○

생방송으로 시청자들을 만나는 〈호다 & 제나〉 쇼에서 런던에서 지하철을 타고 이동 중인 시민들에게 무작위로 노래를 불러달라고 요청했다.

몇 초 후 한 여성의 영상이 도착했다. 숨겨진 노래 실력의 소유자를 찾는다는 소식을 듣고 한 여성이 자기 친구를 가리켰고, 그것을 본 우리도 함께 응원했다. 그다음에 일어난 일은 모두의 소름을 돋게 했다. 롱아일랜드 출신의 샨텔은 휘트니 휴스턴의 〈누군가와 춤추고 싶어(I Wanna Dance with Somebody)〉를 큰 소리로 불렀다. 주변 사람들은 슈퍼스타가 열창하는 라이브 콘서트에 온 듯 이 순간을 즐겼다. 그녀의 목소리가 지하철 가득 울려 퍼졌고, 모든 사람이 박자에 맞춰 손뼉을 쳤다.

낯선 사람이 바로 눈앞에서 재능을 펼쳐 보이는 모습을 본다는 건 뜻밖의 즐거움 아닐까.

1월 31일

●

책은 우리가 손에 쥔 꿈이다.

닐 게이먼Neil Gaiman(영국의 소설가 · 드라마 작가)   ○

2020년 이날, 우리는 서스펜스의 여왕을 잃었다. 미국의 작가 메리 히긴스 클라크가 아흔둘의 나이로 세상을 떠난 것이다. 수많은 베스트셀러를 펴낸 메리는 예기치 못한 딜레마에서 벗어날 방법을 찾는 여성들의 매력적인 이야기를 써냈고, 50권이 넘는 그녀의 소설은 독자들의 열렬한 사랑을 받았다.

나는 플로리다에서 엄마와 함께 우연히 메리를 본 적이 있다. "저 사람 메리 히긴스 클라크 아니니?" 엄마가 떨리는 목소리로 말했다. 다가간 우리를 메리는 정말 친절하게 대해줬고, 심지어 그녀의 열성 팬이었던 엄마가 사진을 찍자는 요청에도 흔쾌히 응해줬다. 그날 엄마의 함박웃음을 지금도 잊을 수 없다!

메리, 작가로서의 재능과 우아함을 상기시키는 당신의 책은 페이지를 넘길 때마다 우리에게 많은 위안이 될 거예요.

2월
◇◇◇◇◇◇◇◇

FEBRUARY

사랑을 키우느라 바쁜 사람들은
돌을 던질 시간이 없다.

세인트 둘세 Saint Dulce (브라질의 종교인)

○

모든 사람이 이 문구를 화면 보호기로 쓴다면,

세상이 훨씬 살기 좋은 곳이 되지 않을까?

2월 2일

기기는 끊고 사람과 이어져라.

○

'디지털 디톡스'라고 불리는 이것은 말하기는 쉬워도 실천하기가 만만치 않다.

알 로커는 밤이 되면 열일곱 살짜리 아들의 휴대전화를 작은 금고에 보관한다고 말했다. 아이는 그런 행동을 좋아하지 않을 수 있지만 육아 및 청소년 개발 전문가도 실제로 시도한 방법이다. 데버라 길보아 박사는 이렇게 말했다.

"아이들이 24시간 발생하는 잠재적인 사회적 상호작용에서 벗어나 휴식을 취하는 것이 건강에 매우 중요합니다. 잠도 충분히 자야 해요. 알람을 무시하다는 게 정말 힘들긴 하지만요."

그녀는 자녀가 집을 떠나 자립하기 1~2년 전에 휴대전화를 돌려주고, 아이가 스스로 휴대전화 사용을 제한하는 방법을 깨닫게 하라고 권한다.

아이들의 정신 건강에 휴식을 선물해보자(그리고 어른들 역시 휴식이 필요하다).

2월 3일　●

짊어지는 무게가 아닌, 짊어지는 방법이 중요해요.

메리 올리버 Mary Oliver(미국의 시인)　○

우리 중 뛰어난 누군가는 용감하고 우아하게, 심지어 아무도 모르게 이를 해낸다.

가족의 연을 맺을 사람과 만난다면,
그게 어떤 상황이든 그들은 우리가 돌봐야 하는 가족이다.

엘리자베스 길버트 Elizabeth Gilbert**(미국의 기자 · 소설가)** ○

가끔 프로그램을 함께 진행하는 앤디 코언이 아들 벤저민의 첫 번째 생일에 함께 찍은 다정한 사진을 보내줬다. 나 역시 두 딸을 키우는 부모로서 앤디가 부모의 길을 걸으며 가슴 벅차하는 모습을 볼 때마다 흐뭇하다. 촬영장에서 우리는 그 부자 사진을 보면서 벤저민을 낳아준 대리모에게 감사드렸다.

앤디는 오랫동안 주와 국가에 대리모 관련법의 변화를 주장해왔고, 제3자인 대리모를 통해 가정을 만들려는 사람들에게 더 많은 유연함과 선택권이 주어져야 한다고도 말해왔다.

"아이를 품는 기쁨을 빼앗으면 안 된다고요? 지금처럼 현대 의학이 매일같이 새로운 기적을 만들어내는 시대에 어울리지 않는 말입니다." 앤디는 말한다. "가족을 만드는 유일한 전제 조건은 사랑이니까요."

앤디, 이 특별한 날을 즐겨요. 그리고 벤, 생일 축하해!

2월 5일

다른 사람의 삶에 햇빛을 가져다주는 사람은
자신의 눈부심을 숨길 수 없다.

제임스 매슈 배리 James Matthew Barrie**(영국의 소설가 · 극작가)**

2020년에 알은 방송계에서만 마흔두 번째 해를 맞았는데, 그중 24년을 〈투데이〉에서 보냈다. 우리는 그간의 추억을 더듬어볼 수 있는 짧은 영상을 준비해 컵케이크와 함께 그에게 건넸다.

알이 쇼에 출연하지 않았을 때는 방송이 원활하게 진행되지 않았다. 나는 그가 사흘 동안 자리를 비웠을 때 얼마나 많은 것이 삐걱거렸던가를 알고 있다. 우리는 알이 돌아오자 마치 요리를 완성할 비밀 소스라도 손에 넣은 것처럼 기뻐하며 그를 둘러쌌다.

긴 광고 타임이 시작되면 알은 코트 자락을 정리하며 말한다.

"밖으로 나가 모두에게 인사를 해야겠어요."

정말 멋진 사람이다.

삶의 목적이 행복해지는 거라고요?
중요한 것은 생산적이고 가치 있는 사람이 되어
삶에 조금이라도 변화를 만드는 겁니다.

레오 로스텐 Leo Rosten(미국의 유머리스트) ○

나는 이 문장이 다음 등식을 이렇게 바꾸어준다는 점에서 마음에 든다.

$$인생 = 행복$$

$$\downarrow$$

$$가치 + 명예 + 연민의 마음 = 인생$$

누군가를 사랑하는 것은 그가 부린 모든 마법을 보고,
그가 그 사실을 잊었을 때 상기시켜주는 것이다.

○

미국의 음악 듀오 슈거랜드의 컨트리 스타 제니퍼 네틀스는 2019
년 CMA 시상식에서 흰색 정장에 메시지가 새겨진 빨간 망토를
걸치고 레드카펫을 밟았다. 망토 앞면에는 '저희 F*@#n 음반을
틀어주세요. 제발요 & 감사합니다!'가, 뒷면에는 '공평하게 틀어
요'가 적혀 있었다.

그런 제니퍼의 목표는 시청자들에게 불공정한 방송에 관한 경고
메시지를 전하고, 컨트리 방송국들이 더는 여성의 목소리를 못
본 척 넘어가지 않도록 시정을 촉구하는 것이었다.

기다리기만 하는 사람의 세상은 변화할 수 없다. 용기있게 불합
리함에 맞서는 사람만이 세상을 바꾸는 법이다.

2월 8일

안전지대에서 나가라.
네 안의 잠자는 거인을 깨워라.

치아 타이 포 Chia Thye Poh**(싱가포르의 전 정치범)**

〈투데이〉는 밸런타인데이를 앞두고 두 명의 여성이 데이트예능을 통해 매력적인 이성을 찾는 내용의 방송을 내보냈다. 참가한 모든 남성이 다정하고 긍정적인 태도로 프로그램에 임했고, 여성 참가자인 클로이와 리사는 즐거워했다. 그 많던 남성이 세 명으로 줄어들었을 때, '모험'을 주제로 데이트를 하게 됐다.

클로이는 세 남성을 암벽 등반을 할 수 있는 체육관으로 데려갔고, 승부욕이 강했던 사교 댄서 리사는 살사 춤을 추게 했다. 이건 정말 그 남성들을 인정해줄 수밖에 없다! 세 남성은 각자 자신의 안전지대에서 벗어나 땀을 흘리고 비틀대면서도 웃음을 잃지 않는 훌륭한 자세를 보였다. 여성들은 가장 데이트를 잘했다고 생각되는 남성을 골랐다.

나는 누군가가 낯선 환경에 처했을 때 그에 관해 많은 것을 알 수 있다고 생각한다. 잘 모르는 사람이나 정말 사랑하는 누군가가 있다면 그와 새로운 것을 시도해보면 어떨까? 안녕, 우리의 안전지대!

2월 9일 ●

새로 태어난 아기는 기적과 희망, 가능성 같은 모든 것의 시작이다.

에다 J. 르산Eda J. LeShan(미국의 작가)   ○

딸 호프를 입양했을 때 나는 출산 휴가로 5개월을 쉬었다. 내 인생에서 최고로 행복한 5개월이었다. 세상을 비추는 그 작은 창문을 통해 모든 것을 볼 수 있었다는 점이 그저 감사하다. 우리는 유대감이 깊어지던 그 시기에 해변에서 함께 시간을 보냈다. 그곳은 내가 지구상에서 가장 좋아하는 곳이기도 하다. 당시 나는 내 인생에 찾아온 두 번째 기적을 의미 없이 흘려보내지 않겠다고 다짐했다.

1년이 지난 지금도 호프의 모습은 크게 달라지지 않았다. 딸은 모든 사람에게 관심을 기울이고 만족해한다. 호프가 지닌 가장 큰 축복은 항상 짓는 웃음이다.

2월 10일 ●

시는 반란과 혁명, 그리고 의식 고양을 위한 생명선이다.

앨리스 워커 Alice Walker**(미국의 소설가)** ○

맞다. 강력하지만 평화로운 말들로 채워져 있으니까.

2월 11일 ●

감동적으로 되려 하지 말고 현실적으로 되는 데 전념하라.

○

켈리와 〈투데이〉에서 종종 공동 사회를 맡은 친분이 있던 나는 그녀에게 〈켈리 클라크슨 쇼〉의 게스트 요청을 받고 신이 났다. 생방송으로 진행되는 TV 쇼에서 켈리와 마주 앉아 있었는데 마치 오프라인에서 함께 있는 것처럼 편안하고 즐거웠다. 이러니 스튜디오에 있는 모든 사람이, 또 집에서 시청하는 모든 사람이 그녀를 사랑하지 않을 수가 없다. 우리는 와인이 든 잔을 들고 어머니의 아름다움에 관해 얘기하며 울다가, 조엘과 나의 결혼에 관해 이야기하며 웃기도 했다. 그녀는 또 술을 마시면 문자 메시지를 보내는 이상한 내 습관에 관해 우스갯소리를 하고는, 미국의 아카펠라 그룹 펜타토닉스의 멤버 역시 그렇다고 말해줬다. 정말 즐거운 시간이었다.

켈리, 사랑해요. 앞으로도 쭉 좋은 모습으로 오래된 것처럼 다정한 방송을 만들어줘요.

모든 문이 열리기 전
삶은 지극히 고요해진다.
고독을 맛볼 수 있는 것이 실은
축복임을 깨닫는다.
쉬어라.
그리고 당신의 힘을 찾아내라.
곧 상황이 바뀔 것이니.

J. 린 J. Lynn **(미국의 작가)**

○

이 문장은 우리를 차분하게 해준다.
고독을 생산적인 멈춤, 즉 커다란 전환점에 맞춰
최고의 나로 거듭날 기회로 여기게 해준다.

2월 13일 ●

그녀는 바로 자신이 있던 곳에서 평화를 찾았다.

○

그리고 나는 코로나19로 인한 격리 기간에 문이 잠긴 화장실에서

찾아냈다. 잠깐의 평화와 고요를….

2월 14일

당신을 보자마자 난 곧 위대한 모험이 일어날 걸 알았어요.

디즈니 애니메이션 〈곰돌이 푸〉에서

밸런타인데이는 딸 헤일리가 내 인생에 찾아온 2017년부터 내게 엄청난 의미가 됐다. 딸의 생일이 밸런타인데이와 같기 때문이다. 이날 조엘과 나는 우리의 사랑을 축하할 뿐 아니라 예쁜 우리 딸의 생일도 축하한다.

헤일리는 사실 생일이 두 번이다. 세상에 태어난 날, 그리고 우리에게 온 날인 2월 14일. 시간의 신에게 매년 빌어온 내 유일한 소원은 헤일리와 함께하는 모든 순간을 즐길 수 있도록, 시간의 흐름을 조금 늦춰달라는 것이다. 헤일리는 많은 놀라운 것 중에서도 첫손에 꼽히는 나와 조엘의 기적이다.

무슨 말이 더 필요하랴. 나는 넘치는 축복을 받은 사람이다. 당신도 오늘 가장 행복한 하루를 보내길 바란다!

가능한 한 많은 사람에게 잘해주세요.

○

시인이자 예술가인 클레오 웨이드는 자신이 살아온 30년의 세월만큼이나 현명해 보인다. 그녀가 쓴 시와 글은 다양한 방식으로 우리의 영혼을 달래준다. 나는 클레오가 쓴 것 중에 친구의 할아버지가 맞은 백 번째 생일을 축하하는 내용의 글을 좋아한다.

그녀는 할아버지께 의미 있는 삶을 사는 방법에 관해 조언을 구했다. 할아버지는 제1차 세계대전에 참전했고 대공황과 인권운동의 시기를 겪었으며, 버락 오바마가 대통령이 되는 모습을 두 번이나 봤다. 그런 그가 클레오에게 해준 말은 이것이었다.

"가능한 한 많은 사람에게 잘해주렴."

정말 아름답고 단순한 말이다. 할아버지는 이 조언을 평생 마음속에 새기고 살았을 뿐 아니라, "이 말 덕분에 백 살까지 살았단다"라고 말했다.

2월 16일

남을 위해 아무것도 하지 않는 것은 자신을 파멸에 이르게 한다.

호러스 만Horace Mann(미국의 교육가 · 정치가)

우리는 살아가면서 종종 누군가의 도움을 필요로 한다. 이것이 바로 미국 컨트리 음악의 슈퍼스타 브래드 페이즐리와 아내 킴벌리가 비영리 시설 '스토어'를 시작한 이유다. 스토어에서는 직장을 잃었거나 힘든 시기를 겪는 사람들에게 무료로 식료품을 제공한다. 브래드는 이 프로젝트에 관해 이렇게 말했다.

"저마다 직접 음식을 선택하게 하려고 노력한 건 사람들이 쇼핑을 하면서 일상적이고 품위 있는 경험을 하게 되길 바랐기 때문입니다."

약 1주일간만 운영할 예정이었던 가게는 수요가 걷잡을 수 없이 늘어 프로젝트를 연장하게 됐다. 현재는 예상했던 인원의 세 배에 달하는 사람들에게 서비스를 제공하고 있다.

정말 수고 많았어요. 브래드, 그리고 킴벌리! 당신들은 사람들이 어려움을 극복할 힘을 얻게 해주었습니다.

2월 17일

용감하다는 것은 두려움이 없는 것이 아니라
두려워도 이겨낼 방법을 찾는 것이다.

베어 그릴스Bear Grylls(영국의 방송인 · 작가)

가수이자 패셔니스타인 제시카 심슨은 열다섯 살 때부터 일기를 써왔고, 이를 바탕으로 2020년에《오픈 북(Open Book)》이라는 회고록을 출간했다.

"이 책은 '두려움을 헤치고 나아가자, 그리고 두려워해도 괜찮다'는 내용을 담고 있어요. 전 두려움이 지닌 이면도 아름답다는 점을 말씀드리고 싶습니다. 그걸 느끼는 순간이 바로 우리에게 보상이 주어지는 때이기도 하고요."

제시카는 어릴 때 성적 학대를 당한 것과 이혼, 알콜 중독 등에 관해서도 솔직하게 썼다. 이제 건강한 세 아이의 엄마로서 행복한 결혼 생활을 하고 있는 그녀는 생기가 넘치고 모든 것에 감사한다.

"사람들에게 제가 극복해야 했던 장애물과 그에 맞서는 방법을 알려주고 싶어요."

새로운 에너지가
우리 삶에 들어오고 있다.
변화가 일어나고 있다.
상황이 좋아지고 있다.
모든 게 정리되어간다.
우릴 위한 축복의 시간이
다가오고 있다.

○

그래, 이제 반갑게 맞이할 준비를 할 때다.

그들이 오고 있다!

젊은 혈기에 마냥 즐거워하다가도,
어느 순간에 이르면 카 오디오의 볼륨을 줄여야 한다.

○

나에게 '그 순간'이란 평행 주차를 해야 할 때다.

때로는 행복을 좇기를 멈추고 그냥 행복을 느껴보는 것도 좋아요.

기욤 아폴리네르 Guillaume Apollinaire(이탈리아의 시인 · 소설가)　　　○

잘 준비를 할 때 호프의 행복감은 최고조에 이른다. 우리 딸은 자기 전에 하는 모든 준비 과정을 좋아한다! 욕조에서는 내가 몸을 씻겨주건 말건 물방울을 튀기며 논다. 그런 다음에는 우유를 한 잔 마시고, 한구석에 쌓여 있는 자신의 책더미를 가리킨다. 책에 등장하는 가장 좋아하는 개의 흉내를 내달라는 뜻이다. "멍! 멍!" 책 읽기를 마치면 우리는 서로를 꼭 껴안고 침대에 눕는다. 나는 품에 안긴 딸을 천천히 토닥이며 노래를 부른다. "반짝반짝 작은 별…".

잠이 든 호프를 아기침대에 눕히고는 자는 동안 아이를 포근히 감싸줄 부드럽고 귀여운 담요를 덮어준다. 내 소중한 딸 호프, 그리고 평범한 매일 밤 풍경은 나를 행복하게 한다.

2월 21일

○

가끔은 어두운 곳에 있어 자신이 묻힌 것 같겠지만,
사실은 씨앗이 심어진 것이다.
인내심을 가져라. 당신이 자라날 시기가 오고 있다!

크리스틴 케인Christine Caine**(오스트레일리아의 종교인)**

○

어두운 곳은 무섭다. 그래서 모퉁이에 선 내게 밝은 빛을 비춰주
고 공간을 다른 관점에서 보게 해주는 이 문장이 좋다. 아름드리
나무로 자라든, 키 작은 야생화로 자라든 모든 씨앗은 가능성을
품고 있어 좋다.

2월 22일

나만의 평온을 만들어라.

○

팬데믹 기간에 마음을 진정시키기 위해 옛날 TV 프로그램을 봤다. 드라마 〈모던 패밀리〉와 〈프렌즈〉를 보는 건 온종일 떠들어대는 뉴스에서 벗어나는 편리한 방법이다. '옛날' TV 프로그램과 영화들은 지금처럼 산더미 같은 걱정거리가 없던 그 시절로 돌아가게 해준다.

당신도 이런 것을 느껴본 적이 있을 것이다. 잠시나마 마음이 편안해지는 순간 말이다. 오늘 평온한 시간이 필요하다면 잔잔한 드라마를 하나 골라 정주행해보는 게 어떨까.

"참 예쁘시네요." 칭찬을 들으면 멋쩍어진다.
그래서 뜬금없이 이렇게 말하게 된다. "생일 축하해요."

○

NBC 방송국에서 일하는 20대 브리지트 야스미는 어느 날 자신의 직업윤리와 타고난 성격을 칭찬하는 내게 멋진 문장을 하나 알려 줬다.

"그렇군요. 잘 알겠어요."

우와! 나는 그 말을 되새기면서 말했다. "정말 좋은 말이네요."

그녀는 예전에는 누군가가 대놓고 자신의 좋은 점을 이야기하면 어떻게 말해야 할지 몰라 당황하곤 했다고 한다(나도 그래요!).

"어느 날 그냥 그 말을 받아들인다면 저 자신에게 얼마나 다정한 일일까 생각했어요."

브리지트 말이 맞는 것 같다. 그녀가 한 말은 "고맙습니다"라는 말보다 분명 더 낫다. 그녀의 말은 이런 뜻인 듯하다.

"당신이 내게 해준 말은 이제 제 안에 있어요. 부정하지 않고 받아들일게요. 당신이 준 다정한 선물, 잘 받겠습니다."

2월 24일 ●

직접 눈으로 보고 진정 마음으로 느끼는 사람은 드물다.

알베르트 아인슈타인 Albert Einstein**(독일의 과학자)** ○

요즘 같은 시대에는 다른 사람이 자신을 어떻게 생각하느냐에 영향을 받지 않기가 참 어렵다. 이 문장은 우리가 특별한 자기 모습을 찾아내고, 나만의 꿈을 꾸며, 최고의 삶을 사는 데 집중할 수 있도록 일깨워준다.

2월 25일

단순한 보살핌이 영웅의 행동입니다.

에드워드 앨버트 Edward Albert**(미국의 배우)** ○

〈투데이〉의 공동 진행자인 알은 아이를 둔 아버지다. 조지 플로이드의 사망 사건 이후, 몇몇 흑인 아빠와 인터뷰를 했는데, 세이스만은 이런 말을 했다.

"많은 사람이 자기 아이에게 예의 바르게 행동하고, 공손하게 굴라고 가르칩니다. 저 역시 그렇고요. 하지만 그런 행동이 아이의 안전을 보장하지 않는다는 사실 또한 잘 알고 있습니다."

조지 플로이드 사건은 모건 스콧 터커에게 마냥 남의 일처럼 여겨지지 않았다.

"내가 아버지로서 할 일은 '그래, 있을 수 있는 일이란다. 넌 그걸 알고 있어야 해'라고 말하는 겁니다." 알이 말했다. "하지만 그렇다고 그 사실이 우리 인생을 지배하게 놔둘 순 없지요. 아이가 삶의 균형을 잡을 수 있도록 도와줘야 합니다."

2월 26일

세상 무엇도 당신이 무언가를 놓아주고 다시 시작하는 것을 막을 수 없다.

가이 핀리 Guy Finley**(미국의 작가)**

올해 예순여섯 살인 린 슬레이터는 흥미진진한 인생 이야기의 소유자로, 여성들에게 강력한 메시지를 전해준다.

뉴욕에서 열린 패션 위크 기간에 거리에서 친구를 기다리던 린을 사진작가들이 전문 모델로 착각하는 일이 벌어졌다. 친구가 도착했을 때 그녀는 터지는 카메라 플래시를 향해 미소 지으며 "당신은 우연의 아이콘(accidental icon)이네요!"라고 말했다. 이 말은 린의 블로그와 인스타그램 계정의 이름이 됐고, 린이 여러 나라의 캠페인과 계약을 맺는 과정에서 일종의 표지판이 됐다.

"우릴 가두는 사회의 틀을 받아들일 필요가 없습니다. 원하는 대로 다른 모습의 자신을 만들어내세요."

당신은 게으른 것도,
의욕이 없거나 어딘가에
갇혀버린 것도 아닙니다.
몇 년 동안 생존 모드로 살면서
지친 것뿐이죠.
이건 분명 앞의 말과는
차이가 있습니다.

○

만약 당신이 여기에 해당한다면,
지금 당신의 시간은 삶의 어느 한 시점이자
곧 지나갈 시기에 해당할 뿐이다.
조금만 기다리시길. 부활 모드가 다시 켜질 날이
다가오고 있으니.

2월 28일 ●

오늘 꼭 해야 할 일이 있다면 그게 무엇이든
배트맨 망토를 두른 네 살짜리 아이처럼 자신감을 가지고 하라.

○

영웅에 관해 말하자면, 코로나19 위기가 닥쳤을 당시 의료 종사자들의 가족이 딱 그렇게 행동했다. 매사추세츠에 사는 스테파니 스컬록이 인스타그램에 가족사진을 올렸다. 사진 속 세 아이는 의사인 아빠의 수술복을 입고 있었다. 작은딸은 아빠의 청진기를 목에 둘렀고 큰딸은 다음과 같은 문구가 적힌 팻말을 들고 있다. "모든 영웅이 망토를 두른 것은 아니에요. 우리 아빠처럼 수술복을 입는 영웅도 있어요. 모두 집에 머물러주세요."

고마워요, 스컬록 가족. 그리고 영웅들과 함께 지내는 또 다른 용감한 가족들 모두.

3월

MARCH

3월 1일 ●

인생에서 완벽히 통제되는 두 가지는 우리의 태도와 노력입니다.

빌리 콕스 Billy Cox**(미국의 기타리스트)** ○

삶이 마음대로 되지 않는다는 느낌이 스트레스의 가장 큰 요인인 것 같다. '하, 또 무슨 일이 일어나는 거지?'라는 생각을 하면 꼭 스트레스가 뒤따라온다. 그래서 미소 띤 얼굴로 열심히 일하는 것은 내 마음먹기에 달렸다고 말해주는 이 문장을 좋아한다. 말보다 실천이 어렵긴 하겠지만, 일단 가능하다니 해봐야지 않을까?

멋진 곳으로 가자! 오늘은 당신의 날이다!
저 산이 기다리니 어서 길을 나서라!

닥터 수스 Dr. Seuss**(미국의 작가)**   ○

오늘은 미국의 아동 문학 작가 닥터 수스가 태어난 날이다. 나는
두 딸에게 수스가 쓴 책을 자주 읽어준다. 그의 책을 읽고 나면 읽
어준 나나 듣는 아이들이나 모두 기분이 좋아지기 때문이다. 그
가 사용하는 간단한 단어와 기발한 그림들 속에는 읽는 사람이
따뜻한 마음을 가지게 하고 호기심을 느끼게 하는 희망적인 무언
가가 있다.

"생각이 날 거예요! 노력만 한다면 반드시 생각이 떠오릅니다!"

닥터 수스는 아동 문학 작가가 되려는 꿈을 거의 포기하고 난 뒤
에도 40권이 넘는 아동 문학책을 쓰고 그렸다. 놀라운 사실은, 그
의 첫 책이 자그마치 스물일곱 번이나 출판을 거절당했다는 것이
다. 결국 아동 문학 편집자가 된 친구와의 우연한 만남 덕에 작가
의 꿈을 이뤘다.

다이아몬드는 압력을 적당히 가한 석탄 덩어리다.

헨리 키신저 Henry Kissinger(독일의 정치인)

○

사람도 자신을 증명하고 나면 눈부시게 반짝인다!

3월 4일 　●

나누기 두려웠던 이야기들을 나눌 때, 침묵은 사악한 통제력을 잃는다.

조 앤 포어 Jo Ann Fore**(미국의 라이프 코치)**　○

미국의 배우 발레리 베르티넬리를 떠올리는 사람들은 그저 미소를 짓는다. 밝은 얼굴과 빛나는 재치가 그녀를 영화 속 친구처럼 느끼게 해주기 때문이다.

2020년 〈투데이〉에서 그녀는 수십 년 동안이나 이어진 음식과의 복잡한 관계를 털어놓았다.

"저는 지난 50년 동안 고작 5킬로그램밖에 못 뺐어요." 그녀가 고개를 저으며 말했다. "그런데 이제는 그만큼도 뺄 수가 없네요."

빛나던 순간만큼이나 고통과 슬픔의 시간도 많았다고 말한다. 그래서 그녀는 자신이 새로운 목표라고 느낀 것을 다른 사람과 큰 소리로 나누고, 있는 그대로의 자신을 사랑하려 노력했다고 한다.

"앞으로 살면서 살이 전혀 빠지지 않을지도 모르겠어요. 하지만 어깨에 짊어진 무게와 마음속 부담감은 줄어들지 않을까요?"

3월 5일

늘 희망은 있다.

○

이제 한 살이 된 딸 호프에게 매일 밤 우유를 먹일 때 나는 꼭 "안 아도 되지, 아가?" 하고 묻는다. 그러면 딸이 나를 똑바로 바라본다. 그러고는 내 목에 머리를 기대고 코를 찡그린다. 이 사랑스러운 아이는 한 줄기 햇볕처럼 따스하고 빛난다.

나는 사랑하는 딸 호프를 쉽게 웃게 할 수 있다. 집게손가락을 똑바로 펴서 딸이 붙잡으려고 할 때 얼른 구부리면 그만이다. 그러면 호프는 까르르 웃음을 터뜨린다! 이 순간만큼은 나보다 더 재미있는 사람이 없다. 첫째 딸 헤일리는 호프를 '조그만 친구 같은 아기'라고 부르며 곁에 두고 싶어 한다.

나는 정말 운이 좋다. 차분하고 다정한 딸 호프는 우리 가족에게 큰 축복이다. 사랑한다, 내 조그만 친구 같은 아가야.

3월 6일

●

눈 깜짝할 사이에, 우연히 어떤 일이 일어났는가?
그 일은 생각지도 못한 때에 계획한 적도 없는 길을 걷게 하고,
상상조차 해본 적 없는 미래로 당신을 이끌 것이다.

니컬러스 스파크스 Nicholas Sparks**(미국의 소설가)**

○

나는 모든 사람이 코로나19로 인해 생긴 어려움을 이겨내고 다시
미래를 꿈꾸기 위해 최선을 다하고 있다고 생각한다. 우리 모두
의 오늘 하루에 희망과 기쁨이 가득하길, 그리고 지금의 막연함
이 조금은 뚜렷해지길 기도한다.

3월 7일 ●

아무도 신이 당신을 위해 연 문을 닫을 수 없습니다.

시애라Ciara**(미국의 가수)** ○

미국의 싱어송라이터 시애라가 자신이 좋아하는 문장을 말해준 적이 있는데, 저 위의 문장이 그중 하나다.

그녀는 "한 발을 다른 발 앞에 내밀어보세요"라며 천천히 팔을 흔들고 마치 전사 같은 얼굴을 해 보였다.

"저는 항상 사람들에게 이렇게 말합니다. 발걸음이 무겁고 잘 옮겨지지 않는 것 같아도 그냥 눈 딱 감고 한 발만 앞으로 내디뎌보라고요. 작지만 그 한 걸음이 우리를 앞으로 나아가게 하죠. 누가 뭐라고 하든지 말이죠. 그 누군가가 나를 싫어하는 사람일 수도 있고, '네가 만든 노래 잘 안될 거야'라고 말하는 회사 간부일 수도 있어요. 모두 의견이 다를 순 있습니다. 하지만 신이 나를 위해 열어놓은 문은 누구도 닫을 수 없어요."

3월 8일 ●

세상은 모름지기 아름답고 끔찍한 일이 일어나는 곳이다.
두려워하지 마라.

프레더릭 뷔히너 Frederick Buechner(미국의 종교인 · 작가)　　　　　　　　　　　○

올랜도의 유니버설 스튜디오에서 〈투데이〉 녹화를 하던 중 독감
에 걸리고 말았다. 집으로 향하는 비행기에서 내내 마스크를 썼고
착륙하자마자 의사에게 달려갔다. 진단 결과는 A형 독감이었다.
집으로 돌아온 나는 딸들에게 옮길지 모른다는 두려움 때문에
가능한 한 아이들과 거리를 유지하려 애썼다. 하지만 아이들은
왜 엄마한테 달려가 안기면 안 되는지 이해하지 못했다. 호프는
날 볼 때마다 마치 목마른 사막에서 오아시스를 발견한 것처럼
온 힘을 다해 기어 왔다. 헤일리는 "내가 엄마한테 뽀뽀해줄게.
그러면 나을 거야"라는 말로 내 마음을 녹아내리게 했다. 너처럼
이렇게 귀여운 꼬마 간호사가 옆에 있는데 타미플루 따위가 필
요할까?
마침내 다 나아 두 딸을 마음껏 끌어안고 키스할 수 있게 돼서 너
무 행복하다.

3월 9일

●

기꺼이 베풀고 감사히 받는다면 모두가 행복할 겁니다.

마야 안젤루 Maya Angelou(미국의 인권운동가 · 시인)

○

어렸을 때 내 두 동생은 특별한 날 부모님께 전자기기를 선물하는 것이 어른스러운 표현 방법이라고 생각했다(당연히 부모님도 좋아하실 테고). 부모님의 생신이나 명절이 다가오면 우리는 작은 가전제품을 사드리기 위해 돈을 모으곤 했다.

"이번엔 토스터를 사드리면 어떨까?"

토스터나 핸드 믹서, 커피 분쇄기 같은 기기는 비교적 저렴할 뿐 아니라 선물용으로도 좋을 것 같았다. 장담하건대, 우리 부모님에게 크레이프나 요구르트 메이커가 필요한 상황이 되면 반드시 부엌 찬장에서 찾아낼 수 있다.

이제야 나는 우리 부모님이 플러그가 달린 선물에 그저 순수하게 기뻐하고 고마워한 것이 얼마나 큰 다정함이었는지를 알아차렸다.

3월 10일

강인한 여성들을 위해 건배!
우리가 그들을 알 수 있길. 아니면 우리가 그들이 될 수 있길.
그리고 그들을 자라나게 할 수 있길.

○

여성 역사의 달(Women's History Month)인 3월에 서배너와 나는 '치프(Chief)'라고 불리는 클럽의 관계자들과 함께하는 자리를 마련했다. 치프는 여성 경영인 두 명이 여성들의 창업을 지원하기 위해 2019년에 결성한 단체다.

공동창업자인 린지 캐플런은 전문가 집단에서 혼자만 성별이 다른 여성들이 직장을 옮기는 경우가 종종 있다고 말했다. "만약 우리가 그들을 하나로 모을 수 있다면 여성들이 자리에 남아 회사와 그 이상의 분야에 지속적인 변화를 가져올 겁니다."

뉴욕에 설립된 클럽 치프는 현재 전국적으로 확장 중이며 회원 수가 2,000명을 넘어섰다. 나를 설레게 했고 앞으로도 계속 그렇게 해줄 내 인생의 여성들에게 정말 감사드린다.

3월 11일　●

슈퍼 맘 같은 건 없다.
우리 모두 있는 힘껏 최선을 다할 뿐이다.

세라 미셸 겔러 Sarah Michelle Gellar **(미국의 영화배우)**　○

엄마나 아빠를 부끄러워하는 게 제일 나쁘다.

3월 12일 ●

다른 사람을 돕는 일은 멀리서도 할 수 있으며,
이는 세상 모든 사람에게 중요한 의무다.

조애나 크루파Joanna Krupa(폴란드의 영화배우 · 모델)　　○

남을 돕는 행동은 아이들이 아주 어릴 때부터 가르칠 수 있다. 〈투데이〉에서 아동 발달 전문가 데버라 길보아 박사를 인터뷰한 적이 있다. 그녀는 매일 집안일을 시키는 것이 아이에게 좋은 영향을 줄 뿐 아니라, 아이가 '선한 성품의 문제 해결사'로 자라는 데 도움이 된다고 말했다. 그녀가 어떤 집안일이 어떤 연령대에 적합한지 간략히 설명할 때, 나는 "나 혼자 할 거야!"에 해당하는 18개월에서 3년 사이의 연령대에 주목했다(당연하게도, 우리 딸들이 여기 속하니까). 단 그녀는 아이들에게 부모가 다시 마무리해야 하는 집안일은 시키지 말라고 경고했다. 부모가 다시 하면 아이들은 자신이 별 도움이 되지 않았다고 느끼게 되기 때문이다.

"바닥을 쓸 때 쓰레받기를 잡게 하는 것처럼 아이에게 하나의 역할을 부여하세요."

음악과 리듬은 영혼의 은밀한 곳으로 파고든다.

플라톤Plato(그리스의 철학자) ○

US 드림 아카데미 재단을 설립한 윈틀리 핍스의 이야기가 이 명언에 딱 들어맞는다.

목사이자 그래미상 후보에도 올랐던 가스펠 가수 윈틀리는 수감자들을 위해 노래를 부르다가 한 가지 아이디어를 떠올렸다.

부모가 감옥에 가 있는 아이들에게 과외와 멘토링 프로그램을 지원하는 아카데미를 설립하는 것이다.

"아이들에게 자신을 보살펴주고 애정을 주는 어른들의 모습을 많이 보여줘야 합니다. 특히 그들의 부모가 감옥에 들어가 있다면 더더욱 그렇죠."

윈틀리가 하는 말이나 노래를 들으면 그의 열정이 그대로 전해진다. 인터넷에서 '어메이징 그레이스(Amazing Grace), 윈틀리(Wintley)'를 검색하면 설교를 마치고 우렁찬 목소리로 〈어메이징 그레이스〉를 열창하는 그의 모습을 확인할 수 있다.

3월 14일 ●

상대의 눈을 통해 서로를 보는 것보다
더 큰 기적이 우리에게 일어날 수 있을까요?

헨리 데이비드 소로Henry David Thoreau(미국의 시인) ○

전염병이 유행하는 동안 전과 다르게 빈번해진 사람들의 행동이
있다. 이웃이나 생전 처음 보는 사람들을 적극적으로 보살피고자
한다는 것이다. 영국의 요리사 앤서니 오쇼너시가 트위터에 다음
과 같은 글을 올린 뒤 기분 좋은 일들이 일어났다.

"저는 요즘 옆집에 사는 할아버지의 식사를 챙겨드리고 있어요.
한 달이 되어가네요. 오늘도 저녁 식사 전에 전화를 드려서 음식
을 더 만들어야 할지 여쭤볼 생각이에요."

앤서니의 팔로워들은 음식 사진을 비롯해 자신들 역시 이웃을 위
해 어떻게 요리를 하고 있는지에 관해 트윗을 올리기 시작했다.
업로드된 음식 사진은 정말 멋졌다!

요리사 앤서니는 그 이웃 할아버지와 친한 사이가 됐다고 한다.

"할아버지가 외부와 격리되어 지내시는 동안 제가 만든 요리가
좋은 기억으로 남았다는 걸 알게 됐습니다. 더 열심히 요리를 하
고 싶어지더라고요. 음식 한 접시에 얼마나 많은 기쁨을 담아낼
수 있을까요?"

아무것도 바뀌지 않는다고 해도 당신은 무언가를 선택하고 있다.

○

좋아, 이해했다. 원하는 걸 얻으려고 노력하지 않는다면, 내가 아무리 불평을 늘어놓아도 들어주지 않는다는 뜻이지?

3월 16일

다른 사람에게 하는 봉사는 이 지구에 거처를 마련한 우리가 내는 집세와 같다.

무하마드 알리Muhammad Ali(미국의 권투 선수)

나는 걸스카우트 쿠키를 엄청 좋아해서 지금까지 엄청난 양을 먹어 치웠다. 그런데 〈투데이〉에 출연한 로니 베켄스토가 1932년부터 이 쿠키들을 판매해왔다고 말했다. 그녀는 열 살 때 스카우트에 가입했고 아흔여덟 살이 된 지금도 여전히 단복을 입고 펜실베이니아 워너스빌에 있는 은퇴자 모임에 참석한다. 정말 대단한 걸스카우트 단원 아닌가!

"어린 여자아이들과 이야기도 할 수 있었고, 무엇보다 처음 제가 왜 쿠키를 팔기 시작했는지 말할 수 있어서 정말 좋았어요. 무엇 때문이었냐고요? 15센트 때문이었어요!"

쿠키와 한 단체를 향한 그녀의 사랑은 88년 동안 지속됐다.

"걸스카우트는 세계 최고 단체 중 하나예요. 우리 단체는 아이들에게 세상을 살아가는 법과 다른 사람을 대하는 법, 그리고 도움이 필요한 사람을 위해 봉사하는 법을 가르쳐주거든요."

3월 17일

나는 행운을 굳게 믿습니다.
열심히 할수록 더 많은 행운이 찾아오는 것 같거든요.

콜먼 콕스 Coleman Cox**(미국의 작가)**

카슨 데일리의 넷째 딸이 태어난 해 성 패트릭의 날(아일랜드에 기독교를 전파한 성인 패트릭을 기리는 축제가 열리는 날로, 녹색 옷과 장신구를 착용하는 것이 관례다—옮긴이), 그는 자신이 유전학적으로 98% 아일랜드인임을 확인시켜주는 조상 찾기 DNA의 키트 결과지를 받았다. 카슨은 자신의 뿌리와 관련이 있는 아기 이름들을 차례로 훑어보다가 골디라는 완벽해 보이는 이름 하나를 우연히 발견했다.

골디! 정말 귀여운 이름이었다. 카슨은 자신과 아내 시리가 골디라는 이름뿐 아니라 이 아이가 자신들이 계획한 마지막 자녀라는 사실 또한 좋았다고 말했다. 그러니까 골디는 카슨 가족의 마지막 보석 같은 존재인 셈이다.

오늘 하루 당신에게 행운이 가득하길 바란다. 참, 녹색 옷을 입는 것도 잊지 마시길!

3월 18일 ●

어느 세탁소의 풍경

세탁: 45분

건조: 60분

세탁물 보관: 영업일 기준 7~10일

○

여기서 '보관'은 '구석에 쌓아두는 것'을 뜻한다.

당신은 불완전하지만 영원하며,
필연적인 결함이 있지만 아름다운 존재다.

에이미 블룸Amy Bloom(미국의 심리치료사 · 작가) ○

올림픽 체조 선수 시몬 바일스가 인스타그램에 올린 진심 어린 글을 우연히 읽게 됐다. 그 글은 '경쟁에 관해 말하려고 합니다'라는 문장으로 시작됐다. 시몬은 체조를 언급하지 않았다. 대신 그녀는 사람들이 매일 자기 외모를 가지고 언급하는 것이 얼마나 피곤하게 느껴지는지에 관해 적었다.

"오늘 저는 미적 기준과 자신의 기대가 충족되지 않을 때 하는, 무조건적인 비판 같은 유해한 문화와의 경쟁을 저 자신이 비로소 끝냈다고 말씀드리려 합니다. 여러분이나 제게 어떻게 아름다워야 하고 또 어떤 모습이면 안 되는지 말할 자격이 있는 사람은 아무도 없기 때문이죠."

3월 20일

정말 외롭다고 느껴질 때는 그냥 달을 바라보세요.
어딘가에서 다른 누군가도 당신처럼 달을 바라보고 있을 거예요.

흠, 우리가 달로 연결되어 있단 말이지.

행복은 얼마나 가졌는지가 아니라
얼마나 즐기는지에 달렸다.

찰스 스펄전 Charles Spurgeon**(영국의 종교인)**

○

선물보다 선물 포장지를 더 즐겁게 가지고 노는

내 딸들이 떠오른다.

우리가 아이에게 말하는 방식이 그대로 아이 내면의 목소리가 된다.

페기 오마라Peggy O'Mara(미국의 육아 전문가)　○

〈투데이〉동료 딜런이 마리아 슈라이버와 나에게 귀여운 아들 이야기를 하고 있을 때였다. 딜런이 "칼뱅은 수줍음을 많이 타"라고 말했다. 그러자 마리아가 딜런이 기분 상하지 않도록 조심스럽게, 그런 형용사를 쓰지 않는 것이 어떠냐고 제안했다. 딜런이 대답했다. "그렇지만 난 수줍음을 많이 타는걸. 칼뱅도 그렇고." 마리아는 우리가 아이에게 꼬리표를 붙이면 원래 자라야 할 모습으로 자라지 않고 우리가 한 말처럼 자라게 된다고 했다. 순간 머리를 세게 얻어맞은 듯한 기분이 들었다.

의도는 나쁘지 않다. 저 말은 아이들이 쉽게 접근하지 못하는 상대방을 편하게 해주기 때문이다. 하지만 그녀는 저 말을 다른 사람들 앞에서도 할 테고, 아이에게는 부정적인 영향이 미칠 것이다. 딜런은 마리아가 한 말을 되뇌며 이렇게 말했다.

"칼뱅이 칼뱅답게 컸으면 좋겠어."

3월 23일 ●

사람들이 휴대전화(cell phone)에 갇힌 죄수라는 걸 마침내 깨달았다.
그래서 단어에 '셀(cell에는 '감방'이라는 뜻도 있다-옮긴이)'이
들어가나 보다.

○

그렇다! 그리고 아이폰(iPhone)에는 나(i)라는 단어가 들어 있어
서 손에서 내려놓을 수가 없는 거다! 오늘은 좀 진득하게 '탈옥'을
시도해봐야겠다.

3월 24일

HOPE(희망)는 이런 뜻이다.
'Hold On, Pain Ends(기다려라, 고통은 사라진다).'

○

고통의 한가운데에서는 그 힘겨움이 영원히 계속될 것처럼 느껴진다. 하지만 그 순간은 절대로 영원히 지속되지 않는다. 대학생 때 갑자기 아버지가 돌아가셔서 하늘이 무너진 듯했다. 심장이 짓이겨지는 듯한 기분이었고, 어떻게 버텨내야 할지 막막하기만 했다.

하지만 사람들 말처럼 시간이 해결해줬다. 이제 아이 엄마가 된 나는 아버지가 살아 계셨다면 어땠을까 하고 때때로 생각하지만, 그때만큼 고통을 느끼진 않는다.

인생은 계속 흘러간다. 사랑하는 사람과 함께하는 시간도 계속 흘러간다. 그러니 보석 같은 이 시간을 소중히 여기자.

자신의 삶을 살리려면 순간에 머물러야 한다. 현재에 집중하라.

아키로크 브로스트 Akiroq Brost(작가) ○

앤서니 타란티노는 다양하고 풍요로운 생각을 하는 사람이다. 그래서 그가 자기 생각을 말해주는 게 좋다. 노련한 카메라맨이기도 한 앤서니는 종종 NBC 스튜디오에서 방금 방송된 내용에 관해 의견을 내놓곤 했다.

어느 날 모두 모여 이야기꽃을 피우고 있었다. 우리는 아이들이 걷는 모습, 떠드는 모습, 또 젖니가 빠지는 모습 등을 휴대전화로 촬영하는 이야기에 열을 올렸다. 그때 앤서니가 끼어들었다.

"내가 그동안 무슨 짓을 해왔는지 알아요? 난 VHS 카메라로 애들이 뭘 하든 죄다 녹화했어요. 그러느라 흘러가는 모든 순간을 놓쳐버린 거죠. 지금 우리 집 지하실에 VHS로 녹화한 테이프가 마흔 개나 있어요. 그중에서 두 개나 봤을까 말까 해요."

3월 26일 ●

감사는 충만한 삶을 열어준다.
우리가 가진 것을 충분한 것, 그리고 그 이상의 것으로 바꾸어준다.

멜로디 비티 Melody Beattie(**미국의 작가**) ○

다들 코로나바이러스가 가져온 위기 속에서 가정과 회사 생활 전반에 걸쳐 평소와는 조금 다른 일상을 보내고 있다. 모두 다양한 방식으로 변화를 경험하고 있다고 생각해 〈투데이〉에서 나만의 별난 현실을 공유하기로 했다.

새벽 4시 30분, 차에서 내리자마자 휴대전화를 꺼내 녹화를 시작했다. NBC가 만원 콘서트를 열던 광장은 텅 비어 있다. 탈의실에 들어가자 '이 구역은 청소/소독이 완료됐습니다'라고 쓰인 카드가 책상 위에 놓여 있다. 우리 스튜디오에서 일하던 제작진은 총 열다섯 명이었는데 지금은 카메라맨 한 명과 나밖에 없다. 무대에 혼자 있으려니 어찌나 이상한지.

이런 혼란스러움을 나만 겪는 게 아닐 것이다. 예전에는 당연하다고 여겼던 것들이 이토록 그리워질 줄이야. 평범한 일상이 하루빨리 돌아오기를 간절히 바란다.

3월 27일 ●

자신을 부드럽게 대하라. 덜 생각하고 더 느껴라.
할 수 있는 만큼 행복해하라. 당신에게 주어진 건 이 순간뿐이다.

댄 밀먼 Dan Millman**(미국의 작가)** ○

할 일 목록에 추가하자. '자신에게 휴식을 줄 것.'

3월 28일

건강이 우리 몸의 상태를 보여준다면,
만족은 우리 존재의 상태를 말해준다.

J. 스탠퍼드 J. Stanford (미국의 작가)

거물급 방송인이자 모두에게 감동을 선사하는 여성 오프라 윈프리는 제대로 사는 것이 무엇인지 정의하고 싶어 하는 사람들을 위해 2020년 '만족을 찾는 여정'을 시작했다.

"여러분이 지금 이 순간 존재하는 진짜 이유가 무엇인가요? 다른 사람에게 특별한 선물을 준 적이 있나요?"

성취감은 진정 자신을 행복하고 온전하게 만드는 행동을 할 때 얻어진다. 신체적, 정신적인 건강을 찾는 과정에서 오프라는 완벽이 아닌 온전함이 우리의 목표가 되어야 한다고 강조했다. 스스로 '이상'을 설정하고, 또 그것을 달성하고 유지하려 노력해야 한다. 그녀는 이렇게 말했다.

"정했으면 어떻게든 얻어내세요."

맘에 드는 말이다! 우리 앞에 최고의 삶이 나타나길 기다리지 말자. 삶은 우리가 정의해주길 기다리고 있다. 그러니 그 작업을 시작하면 된다.

3월 29일 ●

우리를 완성할 누군가는 필요치 않다.
오직 우릴 온전히 받아들여 줄 누군가가 필요할 뿐이다.

○

고마워, 조엘. 난 내 단점이 뭔지 알고 있고, 당신도 그걸 아는
데…. 그런데도 당신은 날 사랑해주네.

3월 30일 ●

내가 체육관에서 제일 좋아하는 기계는 자동판매기예요.

캐럴라인 레아Caroline Rhea(캐나다의 코미디언) ○

딸 헤일리의 몸무게가 16킬로그램으로 느는 바람에, 팔 힘을 키우려고 헤일리 몸무게쯤 되는 운동기구를 샀다. 하루에도 수십 번씩 아이를 들어올렸다 내려놓았다 할 수 있게 되면 좋겠다. 괜찮은 계획인 것 같은데?

그런데…. 사놓은 기구를 거의 수천 번이나 그냥 지나쳤다. 방금 전에도 그랬다. 그거야 뭐, 당장 할 일이 있어서 그런 거다. 사실 걸리적거리기도 해서 일단 어딘가 자리를 잡아 옮겨놓긴 해야 하는데. 계속 이런 생각만 한다. 그래도 언젠가는….

가까워지면 공감할 수 있다.

○

아프리카계 미국인 조지 플로이드의 사망 사건 이후 평화롭고도 폭력적인 시위가 미국 전역에서 일어났다. 우리는 랍비 스티브 레더와 케네스 얼머 주교를 〈투데이〉에 초대했다. 대화 도중에 얼머 주교가 친구 한 명이 자주 말한다는 좋은 문장을 알려줬다.

"가까워지면 공감할 수 있습니다."

그 말이 무척 진솔하게 느껴졌다. 우리가 다른 누군가의 일상 경험에 가까울수록 그의 시각을 더 많이 이해할 수 있고, 상대 또한 마찬가지다. 아프리카계 미국인인 얼머 주교는 자신과 랍비가 모든 일에 항상 같은 의견을 내놓지는 않지만, 오랫동안 우정을 쌓아왔기 때문에 서로를 존중하려 노력한다고 말했다. 그는 폭력 시위가 시작됐을 때 자신에게 처음 전화를 건 사람이 바로 레더였다고 말했다. 불안감이 최고조에 달하던 한밤중, 랍비 레더는 자신의 오랜 주교 친구가 괜찮은지 걱정되어 전화를 했던 것이다.

4월

APRIL

4월 1일 ●

몸은 우리의 가장 귀중한 재산인 만큼 잘 돌봐야 합니다.

잭 라렌 Jack LaLanne **(미국의 건강관리전문가)** ○

코로나19 위기 속에서, 몸을 제대로 돌보지 않는 사람들을 주제로 한 게시물들이 가장 재미있었다. 사람들은 날마다 내일이 없는 것처럼 먹거나 심각할 정도로 맞지 않게 된 청바지에 몸을 욱여넣고 있다는 농담을 했다.

당신은 어땠는가? 나는 마스크를 쓰고 조깅을 해보려고 했지만 곧 숨이 막힐 것 같아 그만두었다. 그런가 하면 방에서 캐러멜 팝콘 한 통을 순식간에 먹어 치웠다. 분명 많은 사람이 우울함을 날려 보내기 위해 나처럼 먹고 마셨을 것이다.

4월 2일 ●

할 수 없는 것이 할 수 있는 일을 방해하지 못하게 하라.

존 우든 John Wooden (**미국의 스포츠인**)   ○

NBC의 패션 저널리스트 바비 토머스는 내면과 외면의 아름다움을 다루는 전문가다. 그녀에게서는 일종의 우아한 빛이 뿜어져 나온다.

그녀의 남편 마이클은 마흔 살의 나이에 뇌졸중을 앓았다. 그런데 발병하고 1년 뒤 바비는 그가 주변의 도움을 받으며 걸을 수 있고, 전염병이 만연한 시기에도 둘이 잘 지내고 있다는 소식을 기쁜 목소리로 전해줬다.

바비는 네 살 난 아들 마일스가 가족이 마이클의 회복을 돕는 모습을 보면서 공감 능력을 키워가고 있다고 했다. 어느 날 밤, 부부가 아들에게 하루 중 제일 좋았던 일이 뭐냐고 물었더니 마일스가 대답했다.

"아빠가 얼마나 강한지 지켜볼 때가 제일 좋았어요. 전 아빠가 정말 자랑스러워요."

누구에게나
"옷 입어, 모험을 떠나야지"라고
전화할 친구가 필요하다.

○

오늘 나에게 그 모험은 화장지를 찾는 것이었다.

신이 희망을 만든 날은 아마 봄을 만든 날과 같을 것이다.

버나드 윌리엄스Bernard Williams(영국의 철학자) ○

전염병이 유행하는 심각한 상황임에도 한 살이 된 딸 호프 덕분에 부활절은 우리 가족에게 남다른 의미로 다가왔다. 다른 사람들처럼 우리 '대가족'도 줌에서 생일 축하 노래를 부르고 부활절 인사를 나눴다. 내 친구이자 운전기사인 에디는 헤일리와 호프를 위해 쿠키 몬스터가 그려진 파란색 셔츠까지 입고 있었다! 정말 큰 부활절 선물이었다. 에디가 우리 가족에게 그랬듯이, 당신에게도 누군가가 다정히 대해줬으리라 생각한다.

4월 5일

다른 사람과 함께 식사하는 것은
절대 가볍게 여겨선 안 되는 친밀한 행동이다.

M. F. K. 피셔M. F. K. Fisher**(미국의 푸드라이터)**

나도 지금보다 더 식사를 즐기며 할 수 있었으면 좋겠다. 즐기는 대신 무서운 기세로 음식을 씹어대는 등 공격적으로 식사한 기억이 많기 때문이다.

반면 조엘은 식사를 대화에 동반되는 부차적인 수단으로 여긴다. 그의 식사 모습을 살펴보면 음식을 한 입 베어 물고 포크를 내려 놓은 다음, 조용히 입안의 음식을 씹은 뒤 이야기를 이어나간다. 심지어 내 딸 호프도 접시에 놓인 녹색 완두콩을 한 번에 딱 한 개 씩만 입에 넣는 등 나보다 더 교양 있는 모습을 보여준다.

실은 나도 나름대로 노력은 하고 있다. 그렇지만 속도를 줄여보려고 노력해도 다른 사람의 눈에는 전과 다름없이 음식을 들이마시는 것처럼 보인단다. 하지만 굴하지 않고 계속 노력하려 한다.

4월 6일

○

감사를 느끼고 표현하지 않는다면 선물을 포장하고 주지 않는 것과 같다.

윌리엄 아서 워드 William Arthur Ward**(미국의 작가 · 교육자)**

나는 미국인 랍비이자 학자인 스티브 레더의 책《전보다 더 아름답게(More Beautiful Than Before)》를 늘 가시고 다니면서 별스럽지 않은 문장에도 귀를 기울이고 밑줄을 긋고는 한다. 그에게서는 사람을 위로하는 지혜로움이 한껏 풍겨 나온다. 레더는 그 책에서 심리학자 마틴 셀리그먼이 제안한 아이디어, '아주 간단한 노력으로 고통을 날려 보내는 방법'에 관해 이야기했다.

우선 내 삶을 엄청나게 중요한 방식으로 변화시킨 누군가를 떠올린다. 그리고 300자 정도의 글로 고마움을 표시한다. 그다음이 가장 중요하다. 그 사람에게 전화해서 잠깐 시간을 내달라고 말해 본다. 상대가 그러겠다고 하면, 조금 전에 쓴 감사 글을 직접 읽어 준다.

레더는 상대에게 내 생각을 소리 내어 표현하는 것이 단순히 혼자 읽는 것보다 두 배나 더 강력한 힘을 지닌다고 말했다.

4월 7일 ●

가족 중에 노인이 있다면 보석이 있는 셈이다.

중국 속담 ○

그래서 코로나19라는 위기가 많은 가족을 힘들게 했다. 몇 개월
씩이나. 심지어 다시는 볼 수 없게 모두의 보석을 훔쳐 갔기 때
문이다. 다들 아버지와 어머니, 그리고 할아버지와 할머니를 안
아보고 싶어 했다. 사람들은 삶에 자리했던 소중하고 가녀린 누
군가를 서로 그리워했다. 하지만 우리 사이를 갈라놓은 유리창
은 서로의 모습을 눈에 담거나 손 키스를 날리거나 통화를 하는
것까지는 허락했지만, 너무나 당연했던 포옹까지는 용납하지 않
았다.

4월 8일 ●

마음속 두려움에 떠밀리지 마라. 마음속에 피어난 꿈에 이끌려라.

로이 T. 베넷Roy T. Bennett(미국의 작가)　　　　　　　　　　　　　　○

어느 날 아침 촬영장에 앉아 있는데, 창밖에 수술복을 입은 한 여성이 보였다. 평소 같으면 사람들로 꽉 찼겠지만 이제는 다 집으로 피신해버린 탓에 텅 비어 있어서 그녀의 모습이 쉽게 눈에 띄었다. 한순간 우리는 눈이 마주쳤고, 그녀가 손에 든 팻말을 보여주었다. 거기에는 '아멜리아, 앤서니, 샬럿, 매디'라는 이름이 적혀 있었다. 또 다른 글씨도 보였다. '나도 너희가 보고 싶단다! 사랑을 담아 엄마가.' 그녀가 그려 넣은 듯한 집 모양 옆의 '빨리 집에 갈게. 너희는 내 전부란다'라는 문장도 시야에 들어왔다.

우리는 방송 중에 그녀의 모습을 찍어 내보냈고 엄마 나탈리는 너무나 그리운 가족들에게 손을 흔들어 보일 수 있었다.

4월 9일 ●

진정한 관계의 둘 사이에는 아무것도 존재하지 않는다.
거리도, 어색함도, 거짓조차 없다.

라나타 스즈키Ranata Suzuki(**오스트레일리아의 시인 · 작가**)　　　　　　○

제나와 나는 성 상담사인 티파니 헨리 박사와 연애에서 친밀감을
기르는 문제에 관해 이야기한 적이 있다. 박사는 커플들과의 상
담에서 가장 자주 다루는 것이 낮은 성적 욕망이나 욕망의 불일
치라고 말했다. 만약 그런 상황이 된다면 어떻게 해야 좋을지 묻
자, 그녀가 좋은 대답을 해줬다.

"나는 절대로 다른 여자의 집에서는 볼일을 보지 않을 거예요. 그
런데 내 집에서는 그럴 필요가 없죠."

박사의 말이 맞는 것 같다. 물론 다른 사람들이 어떻게 친밀감을
관리하는지 궁금해하는 것은 이상한 일이 아니다. 하지만 박사는
나에게 필요한 것과 내가 원하는 것 또는 원하지 않는 것을 상대
에게 알리는 편이 더 효과적이라고 했다.

여자가 "하고 싶은 대로 해"라고 말한다면,
절대 하고 싶은 대로 해선 안 된다.
그 자리에서 눈도 깜빡이지 말고 대답도 하지 마라.
숨도 쉬지 말고 그냥 죽은 척해라.

○

그렇다. 이건 까다로운 관계의 문제다. 코로나19 사태는 많은 부부와 커플을 온종일 잘 모르는 장소, 또 바람직하지 않은 장소에서 꼭 붙어 있게 했다. 결혼과 가정 문제를 다루는 전문가가 커플들이 집에서 생활할 때 도움이 될 만한 해결책을 제시해줬다. 그는 우리가 일상을 벗어난 불안함에 모든 것을 속에만 담아두다 보니 파트너와 단절되어간다고 말했다.

방송이 끝난 뒤 우리 스튜디오의 카메라맨인 로프와 대화를 나눴는데, 그에게는 어떤 조언도 필요 없어 보였다. 그는 격리 기간에 아내더러 데이트 준비를 하게 하고 그사이에 지하실을 바처럼 꾸며놓았다. 그리고 직접 만든 닭 날개 요리와 시원한 맥주도 준비했다. 그는 카드 게임을 할 탁자를 펼치고 리넨 테이블보를 깔았다. 로프가 아내와 바에 나란히 앉아 웃고 있는 사진을 보여줬는데, 그걸 보니 로프가 전보다 훨씬 더 좋아졌다.

영혼에 불을 지피는 것을 두려워하지 마세요.

○

나는 "나에겐 아들이 있어요!"라고 큰 소리로 외친 앤더슨 쿠퍼의 놀라운 모습을 진심으로 이해할 수 있다. 한번은 누군가가 아이가 있느냐고 물었는데, 나도 그때 앤더슨처럼 믿기 힘든 기분이었고 일종의 성취감마저 느꼈기 때문이다. 나는 활짝 웃으며 이렇게 답했다.

"네, 딸이 있어요."

정말 믿기 어려운 일이다! 2020년 5월 앤더슨은 인스타그램에 대리모를 통해 '특별한 축복'인 아들을 얻었다며 반가운 심경을 밝혔다. 또 그는 자신이 열 살 때 돌아가신 아버지의 이름을 따서 아들 와이엇 모건 쿠퍼의 이름을 지었다고도 말했다.

앤더슨, 당신의 영혼이 아이와의 만남으로 뜨겁게 불타올랐네요. 축하합니다. 이제 한 아이의 아버지가 되셨군요.

4월 12일

●

험난한 길은 종종 아름다운 목적지로 이어진다.

지그 지글러 Zig Ziglar**(미국의 작가)**

○

지금 험난한 길을 걷고 있다면, 곧 야생화가 하늘거리는 평화로운 길로 접어들 것이다. 걸음을 멈추지 마라!

4월 13일

내 삶이 곧 나의 메시지다.

마하트마 간디Mahatma Gandhi(**인도의 정치인**)

이 얼마나 삶의 메시지를 떠올리는 간단한 방법인지. 당신의 인생은 어떤 말을 하고 있는가?

새날이 밝아오면 새 힘이 생기고 새로운 생각이 떠오른다.

엘리너 루스벨트 Eleanor Roosevelt(미국의 전 영부인)

○

내 하품이 함성으로 바뀌었다!

4월 15일 ●

당신이 걷는 그 길은 홀로 걷는 당신만의 길이다.
다른 사람이 같이 걸을 수는 있어도 대신 걸어줄 순 없다.

루미Rumi(아프가니스탄의 시인)   ○

미국의 전 영부인 미셸 오바마가 오프라 윈프리의 비전 투어에
출연해 우리에게 좋은 추억을 안겨줬다. 그녀는 딸들과 함께 이
야기한다는 '자신의 길을 걸으세요'라는 문장에 관해 말했다. 그
러면서 수련회에서의 긴 하이킹을 도전의 예로 들었다.

"걷기가 별로 즐겁지 않을 때는 항상 내 걸음을 같이 걷는 누군가
와 비교하고 있다는 걸 알았습니다. 더는 내 앞이나 뒤에서 걷는
사람과 날 비교하지 말자고 자신을 타일렀어요. 나만의 걸음을
걷자고 다짐했죠."

나는 우리가 소셜 미디어 때문에 남들보다 뒤처지거나 덜 유명한
것 같다는 기분을 쉽게 느낀다고 생각한다. 자신만의 속도, 그리
고 행복을 가져다주는 것을 정의하는 미셸의 메시지를 그냥 흘려
듣지 말자. 오늘 문을 나선다면 자신만의 속도로 각자의 걸음을
걷자. 나만의 방식대로 잘할 수 있을 것이다!

4월 16일 ●

비가 오면 무지개를 찾고 밤이 되면 별을 찾아라.

○

코로나 위기를 맞아 자신의 역할을 하기 위해 정말 많은 사람이 먼지 앉은 재봉틀을 꺼냈다. 이 열혈 재봉사들은 이미 만반의 준비를 마친 상태여서 달리기만 하면 됐다. 이들은 이웃과 의료 종사자들, 그리고 나라의 모든 사람을 위해 수백, 수천 개의 마스크를 만들며 늦게까지 불을 밝혔다.

나는 바느질을 할 줄 몰랐기 때문에 마스크를 척척 만들어내는 숙련된 모습이 더 놀라웠다. 테이블보에서 운동복에 이르기까지, 마스크의 재료로 쓰일 온갖 종류의 천을 잘라내는 장인들 덕분에 기발한 아이디어도 넘쳐났다. 이 어려운 시기에 재봉틀이 돌아가는 소리는 모두를 버티게 하는 생존의 소리가 되어줬다.

4월 17일

●

항상 새롭게 배울 것이 있는 것처럼 살아라.
그러면 그렇게 될 것이다.

버넌 하워드Vernon Howard(미국의 작가 · 철학자)

○

4월 17일은 늘 배우는 자세로 사시는 엄마의 생신이다. 하지만 2020년에 맞이한 생신은 코로나 때문에 평소와는 조금 달랐다. 원래 우리는 엄마의 의미 있는 날을 항상 함께 축하해왔다. 코로나19 사태가 닥쳐오기 전까지는 함께하는 파티를 한 번도 거른 적이 없다.

엄마는 안전을 위해 그냥 집에 있겠다고 했지만, 그래도 엄마는 혼자가 아니었다. 남동생 아델 가족이 컵케이크를 들고 나타나 적당히 떨어진 거리에서 엄마에게 노래를 불러줬다. 오후에는 두바이에 있던 할라 언니도 온 가족이 줌에 모이는 시간에 맞춰 등장했다. 엄마는 옷까지 멋지게 차려입고 화면 속에 나타났다! 우리 엄마지만 참 귀엽다. 나도 헤일리와 함께 생일 축하 노래를 부르는 모습을 촬영해 엄마에게 전송했다.

엄마, 우리가 함께 보내는 생일을 다시는 놓치는 일이 없었으면 좋겠어요. 바로 옆에서 축하해주고 싶거든요. 사랑해요!

4월 18일 ●

인생에서 성공하려면 희망, 근성, 유머가 필요하다.

리바 매켄타이어Reba McEntire(미국의 가수)   ○

평소에 뭐든지 과하게 준비하는 일이 없는 나였지만 이날은 좀 달랐다. 조엘과 나는 판사와의 화상 회의를 통해 두 딸 헤일리와 호프를 정식으로 입양할 예정이었다. 나는 이 중요한 순간을 기록하기 위해 20분간 휴대전화로 녹화할 준비를 했다.

입양 절차를 다 마치고 인사를 한 다음 나는 녹화를 멈추기 위해 휴대전화를 집어 들었다. 아니, 그런데 이게 무슨 상황이지? 알고 보니 내가 휴대전화를 꽃병에 기대어 놓다가 실수로 카메라 방향을 우리가 아닌 꽃병 쪽으로 설정한 거였다.

조엘이 물었다. "녹화 잘됐어" 내가 상황을 설명했고 우리는 패닉 상태에 빠졌다. 10분 동안 녹색 꽃병을 녹화한 영상이라니!

그나마 다행이다. 진짜 중요한 것이 무엇인지 알 만큼 우리가 나이를 먹었다는 사실이 말이다.

4월 19일

자신을 더 성장시켜줄 사람들을 곁에 두세요.

오프라 윈프리 Oprah Winfrey**(미국의 방송인)**

그리고 그들에게 보답하세요!

이 모든 것이 끝난 뒤에, 정말 중요한 것은
우리가 서로를 어떻게 대하느냐다.

○

우리 제작진은 〈투데이〉의 사진작가 네이트가 찍은 아름다운 사진 중에 몇 장을 골라 코로나와의 전쟁에서 최전선에 선 사람들에게 감사의 마음을 전하는 영상을 만들기로 했다.

매일 저녁 7시가 되면 사람들은 '감사의 교향곡'을 위해 한마음이 되어 창문 밖으로 몸을 내밀고 비상계단 위에 섰다. 네이트는 냄비 뚜껑을 심벌즈처럼 치거나, 방울을 흔들거나 쇠로 된 냄비와 얼음 통을 나무 숟가락으로 두들기거나 손뼉을 치는 등 사람들이 소리를 만들어내는 여러 모습을 포착했다. 그중 내가 가장 좋아하는 사진은 간호사들에게 부활절 바구니를 선물하는 뉴욕 소방관들이 찍힌 사진이다.

4월 21일 ●

새로운 시작의 마법을 믿어라.

마이스터 에크하르트Meister Eckhart(독일의 신학자) ○

우리가 〈투데이〉에서 담당하는 코너는 목요일, 금요일에 관객을
스튜디오로 불러 함께 교감하는 새로운 시도를 하고 있었다.

첫 번째 녹화 날은 정말 마법 같았다! 우리는 분홍색과 빨간색
털 방울 물결 속에서 우리와 포옹하고 싶어 안달 난 사람들 사이
를 걸어 나갔다. 이날은 (스튜디오에 방문해주리라고는 꿈에도 생각하
지 못했던) 가수 메건 트레이너와 헨리, 조엘, 그리고 우리 예쁜
아이들의 방문이라는 특별하고도 놀라운 이벤트도 포함되어 있
었다. 늘 마음속에 그려온 첫 방송이었고, 마침내 그 새로운 모
험이 바로 눈앞에 펼쳐진 순간이었다. 기념할 만한 첫날에 함께
해주신 모든 분, 소중한 친구들, 그리고 함께했던 즐거운 추억에
정말 감사하다.

4월 22일   ●

'스트레스받다(stressed)'를 거꾸로 하면 '디저트(desserts)'가 된다.
절대 우연이 아닐 것이다.

○

코로나19 사태 속에서 우리에게는 웃을 수 있는 무언가가 절실히 필요했다. 그것이 치료제이기 때문이다. 내가 좋아하는 게시물 중 하나는 몇 주 동안 음식으로 스트레스를 해소하라면서 날 자극하기도 했다.

격리 기간이 끝나면, 이 육중한 삶을 만든 그것들에 여전히 내 삶이 휘둘릴까? 아니면 내가 그것들을 먼저 찾아 나서게 될까? 과연 어떻게 될는지….

세상은 우리에게 이렇게 말한다.
"인종차별을 없애야 해요."
그렇다면 우선 가족 안에서
그 시도를 시작하라. 세상이 말한다.
"편견과 선입견에 어떻게 대처할 겁니까?"
먼저 우리 집 부엌 식탁에서
첫 대화를 시작하라. 세상이 또 말한다.
"증오하는 마음이 너무 많군요."
나 자신을 사랑하는 일부터 전념하라.
괜한 장애물이나 섣부른 판단 없이
다른 사람을 사랑할 수 있을 만큼
자신을 충분히 사랑하라.

클레오 웨이드 Cleo Wade **(미국의 시인·작가)**

○

분명 이렇게 하는 것이 순조로운 출발점일 것이다.

4월 24일 ●

필요한 게 줄어들자 기분이 좋아졌습니다.

찰스 부코스키Charles Bukowski(독일의 시인 · 소설가)　○

내 친구 제니퍼 밀러는 시간을 들여 손톱을 관리하는 부지런한 사람이다. 전염병이 유행하는 동안 평범했던 우리 일과가 멈춰버리자 예전 습관을 유지하기 힘들어졌다. 그런데 역설적이게도, 제니퍼는 자기 손톱이 전보다 더 건강해졌다고 말했다!

나 역시 딸 헤일리의 스케줄을 통해 똑같은 경험을 했다. 셧다운이 일어나기 전 우리는 정해진 일정을 바삐 소화하느라 정신이 없었다. 하지만 집에 틀어박혀 있는 동안 엉뚱하게도 헤일리의 상상력이 만개했다. 어느 날 딸이 상상 속의 친구와 가짜 생일 파티를 한다며 내게 가짜 피자를 건넸다.

"엄마, 카카 붐붐이 왔어요."

응? 아!

"그랬구나, 아가. 어서 들어오라고 해."

대부분의 시간에 헤일리는 가지고 놀 장난감도 필요하지 않았다. 삶이 매우 단순해졌다.

4월 25일　　　　　　　　　　　　　　　　　　●

가끔은 그냥 휴식이 필요하다.
아름다운 곳에서. 혼자만. 모든 걸 깨닫기 위해.

　　　　　　　　　　　　　　　　　　　　　　　　○

풀밭에 누워 별을 올려다보는 시간이 단 몇 분밖에 되지 않아도
좋다. 깜빡이는 반딧불마저 황홀할 것이다.

4월 26일 ●

인생에 관해 배운 모든 것은 세 단어로 요약된다.
'삶은'
'끊임없이'
'이어진다.'

로버트 프로스트 Robert Frost(미국의 시인) ○

그야말로 '단순'하고 '진실'한 위로의 말 아닌가.

4월 27일 ●

난 금메달을 못 딴 게 아니에요, 은메달을 딴 거죠.

미셸 콴 Michelle Kwan**(미국의 전 피겨스케이팅 선수)**　　　　　　　　　　○

1998년 피겨스케이팅 선수 미셸 콴이 방송인 제이 레노와 함께 〈투데이〉에 출연했다. 그리고 이 방송을 당시 열한 살이었던 조너선 반 네스가 시청했다. 넷플릭스 쇼 〈퀴어아이(Queer Eye)〉의 출연자였던 조너선은 방송을 통해 나가노 동계 올림픽에서 금메달을 놓친 이야기를 한 미셸에게 큰 감동을 받았다고 말했다. 콴이 "난 금메달을 못 딴 게 아니에요. 은메달을 딴 거죠"라고 말했다며 그는 회상했다.

"콴의 말을 듣고, 있는 그대로 사실을 받아들이고 그걸 즐기는 법을 깨달았어요."

어린 소년 조너선은 다들 말하는 상실이 사실은 진정한 의미의 상실이 아니라는 점도 배웠다고 말했다.

"올림픽에서 딴 은메달이 실망스러울 수가 있을까요? 그건 정말 굉장한 건데요!"

4월 28일　●

나는 당신뿐만 아니라 당신과 함께 있을 때의 나도 사랑해요.

엘리자베스 배럿 브라우닝 Elizabeth Barrett Browning**(영국의 시인)**　○

올바른 것이라면 무엇이든, 내 안에 숨겨진 최고의 모습을 끄집
어낸다.

내 남은 삶 동안 당신으로 가득 찬 순간들을 찾아낼 거예요.

○

루이지애나에 사는 한 걱정 많은 딸이 자신의 엄마 캐럴린 이야기를 하기 위해 내게 연락해왔다. 작년 여름에 아빠가 세상을 떠나고, 엄마가 51년 만에 사랑하는 남편 없이 생일을 맞게 됐다고 말했다. 엎친 데 덮친 격으로 코로나바이러스 탓에 캐럴린은 7주 동안이나 갇혀 있던 실내에서 일흔네 번째 생일을 보내게 됐다. 사연을 들은 나는 생방송 중에 깜짝 이벤트로 캐럴린에게 영상통화를 시도했다.

잠시 후 그녀가 전화를 받았다. 누가 전화를 했는지 알아차리자마자 보여준 그녀의 반응은 무척이나 감동적이었다.

"저 눈물이 날 것 같아요."

내 마음도 따뜻해졌다. 우리는 캐럴린이 절대 혼자가 아니라고 거듭 말한 다음 현관으로 가보라고 말했다. 밖을 내다본 캐럴린의 눈에 들어온 것은 케이크와 풍선을 손에 든 딸과 손녀들이었다! 너나없이 감동에 젖은 우리는 짧은 전화 한 통이 캐럴린의 아픈 마음을 조금이라도 어루만져줬기를 기도했다.

4월 30일 ●

인생의 모든 것에 대한 책임을 인정하는 때가
바로 그 모든 걸 바꿀 힘을 얻는 순간이다.

할 엘로드Hal Elrod(미국의 작가)   ○

흑인 여배우 트레시 엘리스 로스는 자신이 원하는 것을 통찰하는
능력이 있는 사람이다.

"나이가 들수록 점점 더 저다워졌습니다." 그녀가 말했다. "그리고
그렇게 진정한 저 자신이 되어갈수록 제 삶은 다른 사람의 삶과
는 다른, 온전한 저만의 삶이 됐지요."

나는 우리에게 진정한 삶을 알려주고 또 그런 삶이 찾아오게 해
줄 이 연결고리가 참 마음에 든다. 트레시는 자신이 모든 결정을
책임지고 있다는 사실도 분명히 했다.

"저도 다른 많은 사람처럼 진정한 삶이 아닌 결혼식만이 목표인
삶을 꿈꾸며 자라도록 교육받았습니다. 그래서 결혼을 꿈꾸고 누
군가에게 선택되기만을 기다리며 많은 시간을 보냈지요. 하지만
이제 저에게 중요한 건 그게 아닙니다. 선택당하는 게 아니라 제
가 선택한다는 사실이 중요해요."

5월
MAY

햇살처럼 느껴지는 사람들과
가까이하라.

○

비 오는 날 함께해줄 사람들이다.

5월 2일 ●

가장 행복한 사람은 남을 위해 가장 많이 행동하는 사람이다.

부커 T. 워싱턴 Booker T. Washington**(미국의 교육자 · 작가)**　○

조지 플로이드 사망 사건 이후 온 나라가 인종 문제에 관한 시위와 열띤 토론으로 뜨겁던 시기에, 존 루이스 하원의원이 잡지 〈뉴욕(New York)〉의 한 기사를 통해 희망을 보여줬다.

"지금도 깊은 인상으로 남아 있는 사람들이 있습니다. 그들은 한 번도 시위대 행렬에 나선 적이 없지만 자녀들, 손주, 증손주들과 함께 미래를 위해 앞으로 나아가기로 했다더군요. 그들은 또 다른 세대의 운동가들이 교육을 받고 영감을 얻는 데 도움이 되고 있습니다. 우리는 한 가족입니다. 모두 같은 집에서 살고 있죠. 미국이라는 집이 아닌 세계라는 집 말입니다. 마틴 루서 킹은 줄곧 말해왔습니다. '우리는 형제자매로서 함께 사는 법을 배워야 합니다. 그렇지 않으면 어리석음으로 멸망하게 될 것입니다'라고요."

5월 3일

●

내 삶의 모든 것은 내가 한 선택이 만든다.
다른 결과를 원한다면 다른 선택을 하라.

○

합리적이지 않은가? 선택이 바로 힘이다.

5월 4일

우리는 상실을 절대 극복하지 못한다.
다만 때때로 상실은 우리를 친절한 존재로 만들어준다.

게일 콜드웰Gail Caldwell **(미국의 작가)**

방송인 마리아 슈라이버는 자신이 발행하는 주간 온라인 뉴스레터 〈선데이 페이퍼〉를 통해 우리 모두가 이 끔찍한 전염병 사태를 겪으며 더 친절한 사람이 되길 바란다고 말했다. 그녀가 쓴 글의 마지막 단락이 모두의 삶에 의미를 가져다준다고 생각되어 소개한다.

"곰곰이 생각해본다면, 이것으로 위안할 수 있지 않을까요? 미래는 불확실하게 느껴질지 모르지만 시간이 가도 꼭 필요한 것은 우리의 사랑입니다. 나 자신에 대한 사랑, 그리고 내 가족들과 친구들에 대한 사랑이죠. 개인적인 친분은 없지만 당신에 대한 사랑 역시 내 마음속에 있습니다. 이 감정은 꼭 필요해요. 그럴 수밖에 없는 게, 사랑의 마음 없이는 우리 세계가 앞으로 나아갈 수 없거든요. 지금은 사랑 없이는 안 돼요. 더는 안 됩니다."

5월 5일   ●

'어딘가'로 떠나려 준비하는 시간 50%,
'어딘가'에서 보내는 시간 1%,
'어딘가'를 떠나 집에 갈 준비를 하는 시간 49%
우리 가족이 보내는 어린이날의 하루다.

○

우리 가족이 공원으로 소풍 갈 때의 모습이다(그나마도 집에서 겨우 55미터밖에 되지 않는다).

- **1단계: 소풍 갈 준비**

  애들은 나갈 준비 됐고, 커플 신발도 다 찾았고…. 자외선 차단제는 누가 가지고 있지? 아, 양말 신어야지. 아이들에게 겉옷을 입히고, 샌드위치를 챙기고, 바닥에 깔 매트와 장난감들을 찾아 차에 전부 싣는다.

- **2단계: 소풍**

  다들 가만히 앉아 있다.

- **3단계: 집에 갈 준비**

  왜 우리가 소풍을 왔을까 의아해하면서 다시 짐을 싼다.

5월 6일 ●

씨앗을 심는 날이 과일을 먹는 날은 아니다.

○

오늘, 특별한 무언가를 위해 씨를 심어보지 않겠는가?

가족은 서로가 서로에게 속해 있다.

            ○

거버 이유식 회사는 부모들이 자랑스럽게 보내온 아이 사진 중에 자사를 대표할 아기 대변인을 10년째 선정해왔다. 2020년에 뽑힌 매그놀리아 얼이라는 이름의 어린 소녀는 브랜드를 대표하는 최초의 입양아다.

매그놀리아의 엄마 코트니 얼은 어린 매그놀리아가 조잘거리며 아빠 무릎 위에서 놀던 순간에 소식을 접했다며 이 영광스러운 결과가 가족에게 얼마나 큰 의미인지 이야기했다.

"이것으로 사람들이 우리처럼 얼핏 가족 같아 보이지 않는 가족을 볼 때, 이 소중한 관계를 덜 의심하지 않게 되겠지요?"

캘리포니아에 살던 이 부부는 이미 열두 살, 여덟 살 등 두 명의 딸을 둔 상태에서 어린 또 한 명의 딸을 새 식구로 받아들였다. 큰딸 러셀 얼이 말했다.

"엄마는 항상 가족은 사랑을 기반으로 한다고 말해요. 겉모습이 달라 보여도 우린 한 가족이에요."

5월 8일

우리 어머니는 아름답다.

나도 나이가 들면 부드러우면서도 강인한 우리 어머니처럼 되고 싶다.

조디 피코Jodi Picoult(미국의 소설가)

나는 매일 엄마와 전화 통화를 하고 가능한 한 자주, 적어도 한 달에 한 번은 직접 얼굴을 보려고 노력한다. 엄마는 나의 가장 친한 친구이기도 하다. 코로나19 때문에 엄마는 몇 주 동안이나 집 아니면 집 앞 바닷가에서 홀로 지내야 했다. 내가 아는 사람 중에 가장 긍정적인 사람인 엄마는 매일 명랑한 태도를 잃지 않았고 셀카와 평범한 일상 사진을 찍어 나와 교환하며 무슨 일이 있었는지 일과를 공유했다.

이런 고립의 시기에서도 긍정적인 부분을 찾는다면, 사랑하는 사람과 다정하게 포옹할 때 우리가 얼마나 운이 좋았는지 깨달을 수 있다는 것 아닐까.

엄마, 어머니의 날을 축하해요. 사랑해요.

5월 9일 ●

가끔은 과거의 특정 시점으로 삶을 되돌리고 싶다.
무엇을 바꾸고 싶어서가 아니라,
그냥 몇 가지를 다시 느껴보고 싶기 때문이다.

○

예를 들면 아빠와 함께했던 순간들.

5월 10일

정직과 투명함은 우리를 상처받기 쉽게 만든다.
하지만 그렇다고 하더라도 정직하고 투명하게 행동하라.

테레사 수녀 Saint Teresa of Calcutta**(종교인)**

제나가 그녀의 아버지 조지 W. 부시 전 미 대통령과 나눴던 대화를 들려줬다. 20대 초반이던 시절, 알코올 중독자였던 아버지가 제나에게 산책을 가자고 했다고 한다.

"아버지가 그러더군요. '난 너랑 음주에 관해 이야기를 좀 하고 싶어. 음주가 인생에서 정말 중요한 것들에 방해가 됐다는 걸 살면서 깨달았거든. 너도 이 사실을 알았으면 좋겠구나'라고요."

제나는 아직도 생생한 그날의 산책을 회상하며, 아버지처럼 정직한 부모가 되기로 다짐했다고 말했다.

어려웠을 이야기를 딸에게 해준, 그녀의 아버지가 보여준 용기를 존경한다.

5월 11일

용기를 내라. 위험도 감수하라. 경험을 대신할 것은 아무것도 없다.

파울로 코엘료 Paulo Coelho **(브라질의 소설가)**

어떤 사람은 "될 때까지 된 척해라"라고 말하기도 한다. 나는 이것이 우리가 그 과정에서 배우고 성장하도록, 무언가에 뛰어들고 경험하도록 격려하는 방법인 것 같다.

5월 12일 ●

환자들의 '또 한 번의 하루'에 대한 갈망은,
다시 한번 빛을 보고 싶어 하는 마음과 다르지 않다.

플로렌스 나이팅게일 Florence Nightingale**(영국의 간호사)** ○

나는 간호사의 날이 더는 '기념일' 정도로만 인식되진 않으리라고
생각한다. 간호사와 의료계 전체를 향한 존경의 마음이 다 전달
되기는 힘들 것이다.

코로나19가 대유행하는 시기에 수술복을 입은 우리의 영웅들은
우리가 아프든 건강하든 상관없이 항상 빛과 희망이 되어 위로로
다가왔다. 용감한 간호사들은 가족을 만날 수 없는 환자들의 든
든한 보호자가 되어주기도 했다. 한편 전염병과 맞서는 내내 가
족을 걱정하고 또 그리움에 힘겨워했던 간호사들은 온 국민의 또
다른 가족이기도 했다. 그때도, 또 지금도 이 용기 있는 영혼들은
우리의 생명줄이다.

간호사 여러분, 지금까지 그랬던 것보다 더 여러분을 사랑합니
다. 여러분의 따뜻한 마음만큼 우리의 감사하는 마음도 크다는
것을 부디 잊지 마세요.

재미가 있든 없든 시간은 빨리 간다.
선택은 우리의 몫이다.

○

그러니 즐겁게 하루를 보내자!

5월 14일 ●

나를 위한 천국이 있다면 그곳엔 해변이 함께 있을 것이다.

지미 버핏 Jimmy Buffett(미국의 가수) ○

원래부터 평판이 좋던 지미 버핏이 코로나바이러스 위기에 맞서 싸우는 의료진을 향해 감사의 마음을 표현했다.

"저는 긴급구조대원들과 훌륭한 의료진에게 몇 번이나 신세를 졌습니다. 그래서 진정으로 마음에서 우러나오는 감사의 마음을 느끼고 있어요."

그는 테네시에 있는 가족을 떠나 뉴욕에서 코로나와 사투를 벌이고 있는 한 호흡기 치료사에게 깜짝 선물을 하기도 했다. 자신이 소유한 마가리타빌 리조트 중 한 곳에서 쉴 수 있게 해준 것이다. 그의 호의를 받은 제나 브라이언트의 반응은 놀라웠다! 그녀는 팔을 번쩍 들고는 믿을 수 없다는 듯 외쳤다.

"정말 고마워요!"

그녀를 포함해 최전선에 선 사람들에게 잠깐의 숨 돌릴 시간이 얼마나 필요한지를 느낄 수 있었다.

5월 15일 ●

좋은 교사는 촛불과 같다.
다른 사람의 길을 비추기 위해 자신을 희생하기 때문이다.

○

코로나바이러스로 전국의 모든 학교가 문을 닫자 무려 5,000만 명 이상의 학생이 집에 갇혀 있어야 했다. 교단에 서지 못하는 선생님들이 학생들을 얼마나 그리워하는지 이야기를 들을 때마다 가슴이 뭉클해진다.

교사들이 가득 탄 차가 거리 양쪽에 늘어선 학생들을 향해 경적을 울리고 손을 흔드는 '교사 퍼레이드' 영상이 하나 있다. 사랑스러운 아이들이 손을 흔들며 직접 손으로 쓴 '보고 싶어요!' 팻말을 들고 있었다.

또한 선생님들은 가능한 한 모든 기술을 동원해서 학생들을 수업에 참여시키고 정해진 학사 스케줄을 따라갈 수 있도록 최선을 다하고 있다. 선생님들이 보여주는 창의성과 헌신이 새삼 놀라울 것도 없지만, 전보다 훨씬 더 선생님들을 사랑하고 존경하게 됐다.

5월 16일

위험을 무릅쓰지 않으면 더 위험해집니다.

에리카 종Erica Jong(미국의 소설가)

코로나19 위기 동안 수많은 이들이 목숨을 걸고 사람들을 구해냈다. 버스 기사들과 트럭 기사들, 기타 운수업 종사자들, 식료품점 직원들과 편지·소포·음식을 배달하는 사람들, 식당 직원들과 긴급구조대원들, 수의사와 약사, 승무원들, 그리고 각자의 위치에서 맡은 역할을 다해달라고 부탁하던 의료진이 그들이다.

"우리는 여러분을 위해 정해진 위치에서 최선을 다하고 있습니다. 부디 여러분도 집이라는 위치에 머무르는 방법으로 최선을 다해주세요."

메시지가 적힌 팻말을 장갑 낀 손으로 들고 있는 그들을 보면서 또 한 번 가슴이 뭉클해진다.

5월 17일 ●

당신이 있는 곳에 은혜로움이 찾아가,
당신을 원하는 곳으로 데려다주길 바랍니다.

○

한번은 '은혜로움'의 동의어를 검색해봤다. 마음이 따뜻해지는 이 단어들은 지금 같은 어려운 시기에 어떻게 하면 우리가 위기를 더 잘 극복해낼지에 관한 희망으로 가득 차 있다. 다음의 단어들이 '은혜로움'과 가까운 친구들이다. 오늘 하루도 이 말들에 영감을 받아 나아갈 수 있길 바란다.

- 침착함
- 친절함
- 자비로움
- 너그러움
- 품위
- 축복

5월 18일 ●

모험 없이는 꿈을 드러낼 수 없다.

스티븐 리처즈 Stephen Richards **(영국의 작가)** ○

기회를 무시하면 어떻게 될까? 또 기회를 잡았지만 실패했을 때는 어떨까? 우리는 평생을 기회와 함께한다. 그리고 삶은 선택과 놀라움, 그리고 후회 속에 나아간다. 지금 이 순간에도 누군가는 쭈뼛거리는 사람으로 남을 것인지 신나게 춤추는 사람이 될 것인지를 고민하고 있다.

나는 사랑하는 뉴올리언스를 떠나 뉴욕 NBC에서 일할 중요한 기회를 잡았을 때, 두려운 마음도 들었다. 하지만 결국은 옳다고 생각하는 방향으로 행동했다. 항상 그랬던 것은 아니지만 큰 병으로 마음고생을 한 뒤에는 실수를 해도 긍정적으로 받아들이려고 노력했다. 내가 바라보는 방향을 향해 삶에 집중하는 것이 목표였다.

중요한 기회를 멋지게 잡아내는 모습을 상상해보자. 꿈은 도전하는 사람에게만 다가오는 법이다.

5월 19일 ●

일과 휴식 모두 장점이 있으니,
어느 한 가지를 소홀히 하지 말고 둘 다 활용하라.

앨런 코언 Alan Cohen**(미국의 영화배우 · 영화감독)** ○

"열심히 놀고, 열심히 일하라"라는 말을 들은 적이 있다. 나는 여기에 "열심히 쉬어라"를 더하고 싶다.

내일은 더 나아질 거라 믿으면
오늘의 어려움을 견뎌낼 수 있다.

틱낫한 Thich Nhat Hanh **(베트남의 승려)**

○

가히 낙천주의의 최고봉이라고 할 만하지 않은가?

촛불은 다른 촛불에 불을 붙이니 아무것도 잃지 않는 셈이다.

제임스 켈러 James Keller**(미국의 신부)** ○

각자의 빛을 뿜어내자. 빛은 항상 되돌아와 영혼에 온기를 더해 준다.

5월 22일 ●

누군가의 행복이 내 행복과 같다면 그것이 바로 사랑이다.

라나 델 레이 Lana Del Rey**(미국의 가수)** ○

아들이 홈런을 치자 정신을 잃을 만큼 자랑스러워하던 한 아빠의 영상을 봤는가? 영상을 보면 아빠의 마음이 그대로 전해진다! 오늘 웃으면서 하루를 시작하고 싶다면 구글에서 '담장 너머로 공을 넘기는 아들을 본 아빠의 반응(watch this dad react when his son hits a homer over the fence)'을 검색해보자.

듣자 하니 아빠가 아들과 한 달 동안 완벽한 스윙을 위해 연습을 했다고 한다. 이 엄청난 성공을 지켜보던 아빠는 기쁨을 주체할 수 없었고, 승리감에 차 두 손을 하늘 높이 치켜들며 운동장을 뛰었다.

"아들아! 네가 해냈어!"

아빠의 목소리가 울려 퍼졌다. 팬들로 가득 찬 관중석이 굳이 필요하지 않았다. 아빠의 반응은 감동적이었다. 이런 게 바로 사랑이다.

5월 23일 ●

살면서 무언가를 최대한 많이 얻는 방법 중 하나가
삶을 모험으로 보는 것이다.

윌리엄 페더 William Feather**(미국의 작가)** ○

우여곡절 많은 모험이긴 하지만…, 그래도 모험은 모험이다.

5월 24일

열린 마음은 곧 열린 정신이다.

제14대 달라이 라마 Dalai Lama**(티베트의 승려)**

나는 '계시'를 믿는 사람이다. 무언가 중대한 일에 궁금증이 생기면 계시를 찾곤 한다. 조엘과 함께 셋째 아이를 입양해야 할지에 관해 일기를 쓸 때, 손에 쥔 펜이 묻고 스스로 답하는 것을 그저 바라봤다.

"우리가 줄 사랑이 충분할까? 충분해.
아이를 돌볼 시간이 충분할까? 충분해.
그 아이가 우리 가족을 더 단단하게 해줄까? 그럼, 물론이지."

써 내려간 일기장에서 나를 올려다보는 그 긍정적인 답들이 과연 계시에 해당하는지 고민했다. 이 글이 책으로 나올 때쯤에는 아이들이 의지할 누군가가 더 있을지도 모르겠다. 좀더 두고 볼 생각이다. 하지만 무슨 일이 일어나든 나는 이미 더할 나위 없이 행복하다.

5월 25일 ●

어수선함은 미뤄둔 결정에 지나지 않는다.

바버라 헴필 Barbara Hemphill(아일랜드의 작가)　　　　　　　　　　　　○

기업인 마사 스튜어트가 집 정리법을 다룬 책을 들고 〈투데이〉에 출연했다. 그녀는 자신의 부엌이 '극도의 수준'으로 정리되어 있다고 이야기했다. 반면 우리 집 부엌은 극도의 수준으로 뒤죽박죽이다. 아이들 물건과 우편물, 기타 잡다한 것들로 늘 상태가 엉망이다. 뉴올리언스에 살던 시절 직장 동료가 우리 집을 보곤 "전쟁터가 따로 없네"라고 말했을 정도다.

조, 난 아직도 그렇게 살고 있어요. 난 실패했지만 당신은 마사가 말하는 네 가지 정리법을 한번 들어보세요.

- 부엌 서랍은 구분해서 사용하기
- 조리대 위에 그릇을 마련해 주방 도구 정리하기
- 바구니와 수납공간을 사용하여 메일과 서류 정리하기
- 월간, 주간, 일일 계획표 써보기

처음으로 돌아가
새롭게 시작할 수는 없다.
하지만 지금 당장 시작해
새로운 결말을 맞을 수는 있다.

제임스 R. 셔먼 James R. Sherman (**미국의 작가**)

○

큰 힘을 주는 문장이다.
우리 인생의 이야기를 읽기만 하는 것은 주도적이지 못하다.
읽지 말고 써 내려가자.

5월 27일 ●

행복해지는 지름길이 있다면 춤도 그중 하나일 것이다.

비키 바움Vicki Baum(오스트리아의 시나리오 작가)   ○

호프가 블랑코 브라운의 노래를 신나게 불렀다. 딸이 내 손을 잡았고 우리는 왼쪽으로, 또 오른쪽으로 빙글빙글 돌았다. 아이가 노래에 흠뻑 빠진 모양이다! 호프는 춤추는 것을 좋아한다. 정신 없이 뛰게 하거나 몸을 흔들게 하는 박자의 노래만 나오면 신나게 춤을 춘다. 좋아하는 노래가 끝나면 나를 올려다보는 아이 시선에서 무슨 말이 하고 싶은지를 분명히 할 수 있다.

"빨리 '재생' 버튼 눌러야죠, 엄마!"

5월 28일　　　　　　　　　　　　　　　　　　　●

지구가 당신의 맨발과 머리카락을 가지고 노는 바람을 느끼며
즐거워한다는 것을 잊지 마라.

칼릴 지브란 Kahlil Gibran**(레바논의 작가)**　　　　　　　　　　　　○

영국의 왕세손비 케이트 미들턴은 한 라디오 인터뷰에서 자신의
어린 시절과 세 아이 엄마로서의 경험에 관해 이야기했다.
"저에게는 오랫동안 놀아주고, 함께 그림을 그리거나 만들기 놀
이를 하고, 온실에서 정원도 가꾸며 요리까지 해주신 멋진 할머
니가 계셨어요."
그녀는 아이들이 야외에서 시간을 보내는 것도 중요하다고 말했
다. 나 역시 잠깐 밖을 거닐거나 산책을 할 때 가능한 한 아이들과
함께하려고 노력한다.

5월 29일 ●

스스로 되뇌어라,
'아무리 어렵고 힘들어도 나는 해낼 것이다'라고.

레스 브라운Les Brown(미국의 가수)   ○

개인 보호 장비 안에 날개가 숨겨져 있는 것이 틀림없다. 나는 바르셀로나 병원에서 일하는 직원(다른 말로 천사) 두 명이 코로나19 위기 속에 중환자실에서 투병하느라 30일 동안이나 거동을 할 수 없었던 한 할머니에게 사랑 노래를 불러주는 영상을 포스팅했다. 한 명은 할머니와 천천히 춤을 추었고 다른 한 명은 음악에 맞추어 몸을 흔들었다. 그 순간 링거와 의료 기기가 홀연히 사라지더니 해 질 녘 스페인의 어느 광장, 작은 식당에서 저녁 시간을 즐기는 세 명의 모습이 병동을 가득 채웠다. 가슴을 채우는 따스함은 굳이 이미지로 묘사하지 않아도 전해진다. 누군가가 이 영상을 보고 쓴 코멘트에 나도 전적으로 동의한다.
'사랑이 이겼군요.'

5월 30일 ●

연주를 할 줄 아는 것은 행복한 재능이다.

랠프 월도 에머슨 Ralph Waldo Emerson**(미국의 사상가 · 시인)** ○

영화배우이자 코미디언인 지미 펄론은 재능만 탁월한 게 아니라 무척 다정한 사람이기도 하다. 코로나바이러스가 유행하는 동안 〈투나잇 쇼〉는 그의 집에서 촬영됐는데, 지미는 일상을 이야기하는 영상에 귀여운 두 소녀를 참여시켜, 그림을 그리고 만들기를 하며 간식을 먹는 아이들과 대화를 나눴다. 그는 심지어 아이들에게 자신의 '감사 노트' 활동도 돕게 했다. 한 딸이 차트를 들고 있으면 다른 딸이 '감사 노트 음악'을 아이패드로 재생했다. 지미의 아내 낸시는 카메라를 담당했고 종종 지미가 진행하는 '팔론에게 물어보세요' 코너에 출연하기도 했다. 반려견 개리도 영상 속에서 즐겁게 뛰어놀았다. 그 덕분에 우리는 한 가정에서 일어나는 뜬금없는 상황과 한순간의 정적, 그리고 고삐 풀린 듯 터져 나오는 웃음의 순간을 모두 함께할 수 있었다.

5월 31일 ●

진정한 친구는 항상 마음속에서도 함께한다.

○

진정한 친구들은 항상 우리를 따라다니며 우리 마음속에서 아름
다운 멜로디를 흥얼거린다.

6월

JUNE

6월 1일 ●

결과를 감수할 필요가 없는 사람들의 조언에 따라 결정을 내리지 마라.

○

정말 맞는 말이다. 조언해줄 사람은 현명하게 고르자. 결과와 직접 연관된 사람이면 좋다.

6월 2일 ●

진정한 전사는 두려움에 면역이 된 것이 아니다.
두려움에도 불구하고 맞서 싸울 뿐이다.

프란체스카 리아 블록 Francesca Lia Block**(미국의 작가)** ○

소울리디플라이 프로덕션의 창립자이자 CEO인 B. K. 풀턴은 잘 알려지지 않은 여성 전사들처럼 소외된 자리에 있는 사람들을 절대 잊지 말라고 강조했다. 다음은 풀턴이 말한 사람들 중 몇 명을 예로 든 것이다.

- **마리 밴 브리탄 브라운**: 1969년 뉴욕 퀸스 인근 지역에서 높은 수준의 범죄에 대응할 수 있는 가정 보안 시스템을 발명했다.
- **셜리 앤 잭슨**: MIT에서 박사학위를 받은 최초의 흑인 여성이다. 터치톤식 전화와 발신자 번호, 통화 대기 시스템 등의 관련 기술 개발팀을 이끌기도 했다.
- **글래디스 웨스트 박사**: GPS를 발명했으며 2018년 '우주와 미사일 개척자'로서 명예의 전당에 이름을 올렸다.

6월 3일 ●

두려워하는 것은 우리 삶의 일부다. 받아들여라.
그리고 뚫고 나아가라.

로빈 샤르마 Robin Sharma(캐나다의 작가)　　　　　　　　　　　　　　　　○

그리고 다시 일어서기 위한 몇 걸음 때문이라면, 잡아달라고 손을 뻗는 일 또한 두려워하지 마라.

잘못된 결정보다 우유부단함으로
더 많은 것을 잃는다.
우유부단함은 기회의 도둑이다.
우리 눈을 멀게 한다.

마르쿠스 툴리우스 키케로 Marcus Tullius Cicero
(로마의 철학자·정치인)

○

우유부단함은 모래시계에 담긴 모래다.
우리가 개입하지 않아도 시간이 흐르면 모래는 가라앉는다.

음악은 아름답고 시적인 것을 가슴에 전달하는 신성한 방법이다.

파블로 카살스 Pablo Casals**(스페인의 음악가)** ○

나는 '리틀 빅타운'이라는 컨트리 그룹의 열렬한 팬이다. 카네기 홀에서 공연하는 리틀 빅타운을 보여주기 위해 사람들을 데려간 적이 있는데, 그 유서 깊은 건물에서 그들이 만들어내는 특유의 마법 같은 소리에 모두가 흠뻑 빠져들었다.

리틀 빅타운이 사랑받는 이유에는 진심으로 팬들을 생각하는 마음도 있지만, 웃음이 나는 노래와 눈물을 자아내는 노래들이 포진된 다양한 음악 스타일이 한몫한다고 생각한다. 어린 소녀들에게 긍정적인 메시지를 전하는 리틀 빅타운의 〈딸들(The Daughters)〉은 내가 제일 좋아하는 노래 중 하나다.

리틀 빅타운! 앞으로도 계속 놀라운 곡들을 만들어주세요. 앞으로 20년이 지나도 당신들이 공유해줄 모든 것이 정말 기대됩니다!

6월 6일

●

우리의 자유를 위해 목숨을 바친 사람들에게 우리는
영원히 은혜를 입고 있다.

로널드 레이건Ronald Reagan(미국의 전 대통령)   ○

어느 날 아침 우리 가족은 가슴 뭉클한 군인들의 재회 모습을 보며 다 함께 눈물을 흘렸다(볼 때마다 이러는 것 같다!).

유치원에 간 테이텀은 '아빠 인형'을 꼭 껴안고 있었다. 이 인형은 미 공군으로 1년간 복무 중인 아빠를 그리워하는 아이의 마음을 달래기 위해 엄마가 준 것이다. 세 살배기 아이는 선생님 무릎 위에 웅크리고 앉아 인형을 끌어안았고 귀여운 그의 반 친구들이 나란히 앉아 귀를 기울이고 있었다. 선생님이 테이텀에게 아빠를 보게 되면 어떨 것 같냐고 묻자 테이텀이 인형에 얼굴을 파묻더니 "잘 모르겠어요"라고 작은 목소리로 대답했다. 그리고 다음 순간, 교실 문이 열리고 누군가가 걸어 들어왔다. 테이텀이 자리를 박차고 일어나 미소 짓고 있는 아빠를 향해 달려갔다. 군복 차림의 마이클이 테이텀을 안아 올리더니 이내 부서지도록 껴안았다.

6월 7일 ●

완벽한 부모란 없다. 진정한 부모가 되어라.

수 앳킨스 Sue Atkins**(미국의 방송인)** ○

코로나19 사태를 지나며 재택근무를 하는 부모들의 현실이 드러
났다. 많은 사람이 유머 감각을 잃지 않고 유지했지만 온전한 정
신만큼은 그들도 어쩌지 못했다.

재택근무와 관련해 어려움을 호소하는 SNS의 게시물들을 보고
정말 많이 웃었다. 어떤 부모들은 화상 회의 중에 아이들의 목소
리가 들려도 해고하지 말아 달라고 간절히 외쳤고, 또 어떤 부모
들은 일을 하려고만 하면 "내 목소리 들려요?"라고 아이가 귀에
대고 속삭인다며 환청(?) 증세를 호소하기도 했다.

6월 8일 ●

사랑하는 사람들의 사소하고 다정한 표현이 가장 로맨틱하다.

○

사소한 무언가가 우리의 하루를 크게 바꿔놓기도 한다. 남편 조엘이 우리 엄마를 위해 보여준 작은 행동에서 그걸 느꼈다.

우리는 헤일리의 세 번째 생일을 축하하기 위해 바닷가로 여행을 가기로 했다. 출발하는 날, 엄마는 아침 7시에 아래층으로 내려왔다. 기차 출발 시간은 11시였지만 엄마는 미리 짐을 잘 싸두고 싶어 했다. 엄마가 말했다.

"난 벌써 가방 다 챙겼어. 다들 제발 당장 짐 좀 싸지 않을래?"

사실 우리는 준비하는 방식이 저마다 달랐다. 하지만 조엘은 얼른 엄마의 말을 따랐다.

"네, 장모님. 저 지금 가서 짐 쌀게요."

그리고 정말로 가서 짐을 쌌다. 우리 엄마가 그런 그에게 정말 고마워했다는 것을 느낄 수 있었다. 나도 그랬다.

넓은 마음과 사소한 다정함을 보여준 당신, 정말 고마워요.

6월 9일

상처받을 수 있다는 것은 두렵다.
하지만 우리는 가장 큰 고통을 감내할 때 가장 큰 욕구에 닿는다.

대니 실크 Danny Silk**(미국의 작가)**

사람들의 눈을 제대로 볼 수 있게 됐다는 건 코로나19 사태 속에서 느낀 재미있는 점이다. 마스크에 코와 입이 가려지기 때문에 '영혼의 창'이 모든 관심을 끌었다. 비현실적인 상황이 계속되는 동안 우리는 서로의 눈에 극도로 집중해야 했다. 상대의 얼굴은 전보다 덜 보였지만 그런 그들의 고통과 기쁨, 슬픔, 사랑을 우리는 전보다 더 잘 볼 수 있었다.

6월 10일

●

"오, 우리가 남을 속이려고 하는 순간
얼마나 복잡한 거짓말의 그물을 짜게 되던가!"

월터 스콧 Walter Scott**(영국의 소설가 · 시인)**

○

정확한 말이다. 진실을 말할 때 가장 좋은 점은 자신이 한 말을 기억할 필요가 없다는 것이다.

6월 11일

당신을 저지했다고 다른 사람 탓을 하지 마라.
스스로 앞으로 나아갈 힘을 내라.

크리스 버크먼 Chris Burkmenn**(미국의 방송인)**

2016년 우리는 미국의 올림픽 체조팀이 리우데자네이루 올림픽에서 만들어내는 금빛 물결에 열광했다. 그리고 몇 년 지나지 않아 우리는 많은 여성이 우리가 아는 것보다 실은 더 강하다는 것을, 또 그들이 어두운 비밀을 짊어진 채 가장 높은 수준의 경쟁을 벌이고 있다는 점을 알게 됐다.

체조선수 알리 레이즈먼은 팀 주치의에게 수십 년간 신체적으로 학대받은 정황을 폭로하기 위해 오랫동안 목소리를 낸 사람 중 한 명이다. 용감한 그녀는 주치의와 한 공간에 있어야 하는 상황도 받아들였고 선고 공판에서 증언하는 것 또한 마다하지 않았다.

2020년 1월 〈투데이〉에 다시 초청된 알리는 무거운 짐을 내려놓은 것처럼 밝아 보였다. 그녀는 골프와 정원 가꾸기에 관한 이야기를 늘어놓으며 단순히 즐거워하는 삶에 관해서도 말했다.

"제 삶이 완벽하지 않다는 걸 다른 사람이 알았으면 좋겠어요. 그런 건 없어요. 지금도 괜찮아지기 위해 열심히 노력하고 있지만 그래도 종종 힘든 날이 찾아오거든요."

6월 12일 ●

인생은 진정한 나를 찾는 것이 아니다.
그런 나를 만들어내는 것이 인생이다.

○

왜 찾느라 시간을 낭비하는가? 더 나은 나 자신을 만들어내자!

"난 더 나은 대우를 받을 자격이 있어"라고 말할 만큼 자신을 존중하라.

○

버지니아 초등학교에 다니는 아홉 살 벨렌 우다드에게 반 친구들이 '복숭아색'이라고 적힌 '살색' 크레용을 달라고 한 적이 있었다. 아프리카계 미국인이었던 벨렌은 왜 피부색을 나타내는 색이 한 가지밖에 없는지 의아했다.

"제가 꼭 소외된 것처럼 느껴졌어요. 세상에는 여러 피부색이 있는데, 꼭 피부색이 한 가지인 것처럼 생각됐거든요."

그녀는 자신이 가지고 있던 200달러로 다문화 계열 어린이용 크레용이 포함된 컬러링 키트를 만들어 또래들에게 나누어줬다. 벨렌의 엄마 토샤는 그런 세심한 딸을 더할 나위 없이 자랑스러워했다.

"딸의 프로젝트는 그냥 단순한 크레용 전달에 그치지 않고 더 많은 의미를 전했을 거예요. 자신과 다른 사람에 대한 사랑을 키우고 최고의 나 자신을 만들어낸다는 뜻을 담았다고 생각합니다."

6월 14일

우리는 다른 사람의 기분을 북돋우며 일어선다.

로버트 잉거솔 Robert Ingersoll**(미국의 법조인 · 작가)**

코미디언이자 영화배우인 엘런 디제너러스는 친절하며 유머 감각이 뛰어난 사람이다. 나는 그녀와 함께할 때마다 편안해지고 뭐든 웃음을 터뜨릴 수 있는 상태가 된다.

2020년 1월, 내가 엘런의 쇼에 출연했을 때다. 우리는 내 약혼과 둘째 딸 호프의 입양에 관한 이야기를 나누었다. 어느 순간 나는 울어버렸지만 바로 그다음 순간에는 그녀가 나를 위해 준비한 깜짝 선물 때문에 미친 듯 웃음을 터뜨렸다. 엘런의 깜짝 선물은 컨트리 가수 블레이크 셸턴(내가 방송에서 짝사랑한다고 말한 적이 있는)의 대형 포스터였다. 실제로는 근육질 남자의 몸에 얼굴만 블레이크를 오려 붙인 것이었지만.

엘런의 유머는 항상 내 취향을 제대로 저격한다. 나는 집으로 돌아가는 비행기에서 포스터를 잃어버리지 않도록 짐칸에 꾹 밀어 넣었다.

6월 15일　●

나는 문제를 해결하지 않고 생각을 고친다.
그러면 문제가 저절로 해결되기 때문이다.

루이스 L. 헤이 Louise L. Hay**(미국의 작가)**　○

내 생각에 몇몇 문제는 우리가 지닌 사고방식 때문에 생기는 것 같다. 부정적 성향은 확실히 다음과 같은 친구들을 파티에 초대하길 좋아한다. '무관심', '우울함', '비관주의', '질투'.
이제 새로운 친구를 사귈 때다!

6월 16일

행복 그리고 지식, 다른 곳이 아닌 바로 이곳에서,
다음이 아닌 바로 지금 이 시간에.

월트 휘트먼 Walt Whitman**(미국의 시인)**

우리가 함께하는 시간을 나만큼이나 당신도 행복해했으면 좋겠다. 바로 지금 이 순간에.

6월 17일　　　　　　　　　　　　　●

긍정적인 태도는 우연히 생기지 않는다.
우리의 결정으로 이뤄진다.

디아만테 라벤더Diamante Lavendar(작가)　　　　　　　○

올림픽 피겨스케이팅 선수 스콧 해밀턴은 〈투데이〉에 출연해 근래 출간한 아동 도서 《모자를 찾는 프리치(Fritzy Finds a Hat)》에 관해 이야기했다. 여러 번 암 진단을 받은 경험이 있는 스콧은 아이들이 아픈 부모를 부양하는 법을 이해할 수 있게 돕는 책을 쓰기로 했다. 책의 주인공 프리치는 엄마가 머리카락이 빠진다는 것을 알고 엄마에게 딱 맞는 완벽한 모자를 찾기로 한다.

"아이들이 가족의 삶에 변화를 가져올 수 있다는 점을 알려주고 싶었어요."

스콧은 자신이 열여섯 살 때 암 진단을 받았던 어머니로부터 긍정적으로 사는 법을 배웠다고 한다.

"암과 맞서 싸울 때 이렇게 생각했어요. '좋아, 날 웃기지 않는 한 아무도 내 방에 들어오지 못하게 해야지'라고요."

6월 18일　　　　　　　　　　　　　　　　　　　●

나는 스스로 나의 내면으로 들어가 나 자신을 선택하기로 했다.

빌리 포터 Billy Porter**(미국의 가수 · 뮤지컬 배우)**　　　　　　　○

나는 항상 빌리 포터의 긍정적인 모습과 밝음에 감동한다. 빌리는 자신의 반짝거림으로 사람들을 이끈다. 배우이자 가수인 빌리는 지나온 인생의 많은 시간 동안 자신을 빛내는 대신 정해진 틀에 끼워 넣기 위해 움츠리며 살았다고 말했다.

"제 인생의 전반기가 지나는 동안 해온 일이라고는 그것뿐이었어요. 저는 진정한 저 자신과 진실, 그리고 제 성격을 없애려고만 했습니다."

하지만 30대가 된 빌리에게 세상이 무너질 듯한 시련과 더는 도망칠 수 없는 상황이 찾아왔다. 그렇게 밑바닥으로 떨어졌을 때, 무언가 바뀌어야겠다고 마음먹었다. 그는 조용히 앉아 내면을 탐구하기 시작했다.

"진정한 내 모습을 선택하기로 했습니다. 그리고 모든 것이 바뀌었어요."

두려움은 잠시뿐이지만
후회는 영원하다.

○

그렇게 할 걸 그랬다고 훗날 계속 말하느니,

차라리 지금 그냥 그렇게 하는 편이 낫다!

내 아버지는 어떻게 살아야 하는지 말해주지 않았어요.
그냥 살아가는 모습을 보여줬을 뿐이죠.

클래런스 버딩톤 켈런드 Clarence Budington Kelland**(미국의 작가)**

집에 수백 개의 머그잔이 있지만 조엘은 유독 그중 한 개만 사용한다. "여보, 내 머그잔 어디 있어?" 전날 아침에 사용했으니 머그잔은 당연히 식기세척기에 있다. 이 머그잔은 헤일리와 호프가 조엘을 위해 만든 컵으로 이런 글귀가 쓰여 있다.

"좋은 아침이에요, 아빠. 아빠를 정말 많이 사랑해요."

두 딸의 작은 손자국도 두 개의 하트와 함께 머그잔에 새겨져 있다. 아빠의 하루 시작이 이보다 더 행복할 수 있을까?

6월 21일 ●

흑인 여성이 앉을 자리가 충분하지 않았기 때문에,
나는 나무를 잘라 나만의 식탁을 만들어야 했다.

비욘세Beyonce(미국의 가수 · 영화배우)   ○

졸업 연설은 나를 항상 흥분하게 한다. 여왕 비욘세의 연설도 예
외가 아니었다. 유튜브를 통해 비욘세는 2020년에 졸업하는 모든
학생에게 끈기와 단결의 중요성에 관해 말했다. 그녀는 다음과
같이 우리에게 많은 영감을 주는 말을 남겼다.

"2020년에 졸업하는 모든 분에게 축하의 메시지를 전합니다. 전
염병으로 인한 전 세계적 위기 속에 인종차별 문제가 발생하고
무장하지 않은 흑인이 무차별적으로 살해당한 것에 대한 분노가
들끓고 있어요. 하지만 여러분은 무사히 졸업을 했습니다. 그런
여러분이 정말 자랑스러워요."

그녀는 이런 당부의 말도 했다.

"한데 모인 마음이 긍정적인 방향으로 움직일 때 변화의 날갯짓
이 시작됩니다. 진정한 변화는 바로 오늘, 이 축하의 장에 있는 새
로운 세대인 여러분이 이끌어나가 주세요."

6월 22일 ●

우리는 조금씩 조금씩 상실감에 익숙해가지만,
사랑은 절대 그렇지 않다.

○

우리를 지치게 하는 고통은 떨쳐버리자. 대신 사랑으로 가득 채우자.

6월 23일 ●

전혀 새로운 길에 발을 내딛기는 어렵다.
하지만 아이를 둔 여성이 아이를 돌볼 수 없는 상황에 처한 것보다
더 어렵지는 않다.

마야 안젤루Maya Angelou(미국의 인권운동가 · 시인)　　　　　　　　　○

밝은 모습의 캐시는 커다란 제스처를 곁들인 재미있는 이야기로
제나와 나를 즐겁게 해준다. 항상 시청자들에게 자기 삶을 허심
탄회하게 공유했던 캐시는 남쪽으로 이사한 이유가 다름 아닌 지
독한 괴로움 때문이었다고 털어놓았다. 코네티컷 집에서의 생활
은 행복했지만, 남편이 세상을 떠나고 아이들이 독립하자 북적이
던 공간이 활기를 잃고 만 것이다.

"빈자리는 식구들과 함께 떠들썩하게 즐거웠던 기억에서 시작되
더라. 강아지 짖는 소리, 아이들이 떠드는 소리, 그리고 그릴에서
피어나는 연기가 떠올랐어." 캐시가 말했다. "갈수록 집이 마치 장
례식장처럼 느껴지는 거야."

캐시 리는 내슈빌에서 30년이나 일한 경력이 있기 때문에 그곳에
서라면 삶의 생기를 다시 느낄 수 있으리라고 생각했다. 그리고
그런 그녀의 생각은 옳았다! 캐시의 삶은 이전 어느 때보다 바쁘
고 새로운 것들로 채워져 있다.

6월 24일 ●

다이아몬드 같은 당신, 그들은 당신을 깨뜨릴 수 없어요.

○

오늘도 반짝이는 하루를 보내길!

6월 25일

현실은 관점의 문제다.

살만 루슈디 Salman Rushdie**(영국의 소설가 · 수필가)**

1900년에 태어난 사람은 이런 일들을 견뎌야 했다.

- 14번째 생일: 제1차 세계대전 발발
- 18번째 생일: 제1차 세계대전이 끝나고 스페인 독감 유행 시작
- 20번째 생일: 스페인 독감 유행으로 1억 명이 사망
- 29번째 생일: 대공황과 함께 거대 모래 폭풍 시작
- 36번째 생일: 대공황과 거대 모래 폭풍 상황 종결
- 39번째 생일: 제2차 세계대전 발발
- 41번째 생일: 제2차 세계대전에 미국 참전
- 45번째 생일: 7,500만 명의 희생자를 낸 제2차 세계대전 종식
- 50번째 생일: 한국 전쟁 발발
- 53번째 생일: 한국 전쟁 휴전
- 55번째 생일: 베트남 전쟁 발발
- 75번째 생일: 베트남 전쟁 종식

1985년에 태어난 아이는 여든다섯 살의 할아버지가 그렇게 숱한 고비를 딛고 살아남았다는 사실을 잘 모를 것이다.

6월 26일 ●

괜찮아, 이대로도 충분해.

○

넷플릭스의 히트작 〈퀴어 아이〉에 출연하는 앤서니 포로스키를 인터뷰할 기회가 있었다. 그는 다른 사람의 가치를 찾아내는 일은 쉽지만 막상 자신의 가치를 인정하는 데에는 어려움을 느낀다고 털어놓았다.

"저는 비교와 절망의 함정에 빠지기도 합니다. 나는 정말 잘하고 있는 걸까? 이대로 괜찮은 걸까? 스스로 되묻는 거죠. 자신을 칭찬하는 것보다 엄하게 대하는 게 훨씬 쉬우니까요."

그는 자신에게 "괜찮아, 이대로도 충분해"라고 말해준 친구에게 고맙다고 했다. 친구의 말은 그가 세상의 주목을 받는 새 역할을 해내는 데 도움이 됐다. 앤서니는 아침에 일어나 이 문장을 끊임없이 반복하며 스스로 속삭인다.

난 괜찮아, 충분해. 정말 시도해볼 만하지 않은가?

기쁨은 당신이 삶에 어떻게 반응할 것인가에 관한 정말 용감한 결정이다.

웨스 스태퍼드Wess Stafford(미국의 법조인)　○

기쁨이라면 우리는 보통 환희의 순간에 밀려오는 감정을 떠올린
다. 이 문장은 기쁨을 단순한 감정이 아닌 사고방식으로, 예컨대
전쟁터에서 느끼는 한순간의 휴식으로 생각해보라고 권한다.

오늘, 당신에게
잘못한 사람들에게 감사하라.
그들은 자기도 모르게
당신을 강하게 만들었다.

○

그래, 바로 그 사람 얘기군. 고마워요.

(하지만 나를 더 강하게 만들어줄 필요는 없을 것 같아요. 스스로 강해질게요.)

당신은 믿고 있는 그것을 얻을 것이다.

○

영화 〈캣츠〉에 출연하는 화려한 스타 배우들 사이에 〈아메리칸 아이돌〉이라는 노래 경연대회에서 7위를 한 소녀 제니퍼 허드슨의 캐스팅은 이질적으로 보였다.

몇 년 뒤 나는 제니퍼와 함께한 〈투데이〉 인터뷰에서 7위로 끝났던 그녀의 지난 도전 이야기를 꺼냈다. 그녀의 대답은 간단했다.

"아, 그랬었죠."

고통스러운 기억으로 움찔하거나 당황한 기색 따윈 찾아볼 수 없었다. 어떻게 그럴 수 있었을까? 바로 아카데미상, 그래미상, 골든 글로브상, 브로드웨이 공연, TV 쇼 공연, 영화에서의 놀라운 성과가 줄줄이 이어졌기 때문이다. 직장에서 다른 사람에게 승진이 밀리거나 팀에서 뒤처져 절망한 모든 사람에게 큰 힘을 주는 이야기다. 그렇다. 아직 우리의 전성기가 오지 않았을 뿐이다.

언젠가 우리 삶에 들어온 누군가가
왜 삶이 그동안 잘 풀리지 않았는지 깨닫게 해줄 것이다.

○

결혼 40주년을 앞둔 영화제작자 필 도나휴와 말로 토머스는 성
공적인 결혼 생활을 유지하는 방법에 관해 책을 펴냈다. 책은 크
게 인기를 끌었는데, 둘의 관계에 관해 이야기하는 것 말고도 마
흔 명에 달하는 유명 인사 부부와 그들의 결혼 생활에 관한 인터
뷰도 실려 있다. 다음은 그들의 책《결혼을 지속하게 하는 것들
(What Makes a Marriage Last)》에서 우리에게 낯익은 사람들이 공
유하는 두 가지 조언이다.

● 당신이 한 말을 녹음해서 다시 들어보세요. 달아오른 상황에서 놓쳤던 부
  분이 어디인지 알아차릴 수 있을 겁니다. — 론 하워드와 셰릴 하워드
● 결혼에는 플랜 B도, 탈출로도 없다는 점을 늘 명심하세요. 그저 잘 해내야
  합니다. — 카이라 세드윅과 케빈 베이컨

7월

JULY

용기는 길을 아는 것이 아니라 첫걸음을 내딛는 것이다.

케이티 데이비스 Katie Davis(미국의 작가) ○

어떤 사람들은 이것을 위험하다고 생각할지 모른다. 아니면 모든 것을 알 필요가 없다는 점에 안도감을 느낄 수도 있다. 다 알지 못해도 일단 첫걸음을 내디디는 것에 응원을 보낸다. 내가 내디딜 계단이 내 앞에 저절로 만들어지고 있다!

수영복은 오늘 나더러 체육관에 가라는데,
운동복 바지는 "아니야, 안 가도 괜찮아"라고 한다.

○

학교 교장을 지내고 은퇴한 아흔 살의 로이드 블랙은 다니던 앨
라배마 체육관에서 '이달의 회원'으로 뽑혀 상까지 받았다. 그는
집안일을 할 체력을 기르기 위해 체육관에서 운동을 시작했다고
한다. 운동에 대한 그의 헌신적인 자세는 같이 운동하는 다른 회
원들에게도 많은 것을 느끼게 했고, 감동한 사람들이 그에게 상
을 수여했다.

재미있는 사실은 그가 여름이든 겨울이든 늘 작업복을 입고 운동
을 한다는 것이다. 그 이유를 그는 이렇게 설명했다.

"저는 원래 엉덩이가 납작한 편인데요. 운동을 너무 열심히 하다
보면 바지가 흘러내리지 않을까 걱정이 돼서요."

7월 3일

●

자연은 서두르지 않는다.
하지만 모든 것은 이루어진다.

노자(중국의 사상가)

○

대자연이여, 우리는 당신을 존경합니다.

7월 4일

자유는 더 나아질 기회일 뿐이다.

알베르 카뮈Albert Camus(프랑스의 작가)

나는 크고 작은 모든 퍼레이드를 좋아한다. 작은 마을에서 미국 독립 선언 기념일 퍼레이드를 보는 일 역시 매우 특별하게 느껴진다. 이날 사람들은 성조기와 빨강·하양·파랑 구슬, 그리고 별 모양 장식들로 꾸며진 유모차에 아이들을 태우고 거리를 쏘다니며 즐거워한다. 작게 무리 지어 길을 걷거나 손을 흔들고, 사탕을 던지는 사람들도 있다. 거리에 보이는 가게 현수막부터 손으로 직접 쓴 표지판까지, 곳곳에서 국가를 향한 큰 애정과 자부심이 느껴진다. 헤일리가 소방차를 직접 보는 것을 좋아하니 아마 내년에는 호프가 유모차 밖에서 자신만의 작은 퍼레이드를 펼치며 시간을 보낼지도 모르겠다.

오늘 같은 의미 있는 휴일을 사랑하는 사람들과 함께 보내길 바란다. 이렇듯 크고 작은 방식으로 독립기념일을 축하할 자유를 군인들이 지켜주고 있다. 정말 고마운 일이다.

7월 5일 ●

성숙이 내면의 아이를 죽이게 하지 마세요.

○

어린 시절을 얼마나 잘 기억하는가? 어릴 때처럼 재미있게 놀아 본 적이 최근 언제인가? 우리는 그런 천진난만한 시절을 너무 빨리 벗어나 버리는 경향이 있다.

예전에 헤일리와 함께 놀며 로리 버크너 밴들의 노래 〈금붕어(The Goldfish)〉를 틀었다. 노래와 가사는 우리를 곧장 바다로 이끌었고, 그렇게 헤일리와 나는 바다에서 헤엄치는 물고기가 되어 놀았다. 세상 모든 일에 신경을 끄고 팔다리를 마냥 휘둘러대는 어린아이가 된 것 같았다!

정신없이 웃음을 터뜨리며 생각했다.

'지금보다 더 행복한 순간이 있을까? 아이들처럼 좀더 자주 자유롭게 행동할 수 있다면 얼마나 좋을까?'

그네도 타고 친구에게 이유 없이 장난도 치고, 돌아가는 스프링클러에도 뛰어들고 싶다. 가끔 내면의 아이를 불러내 신나게 놀게 해준다면 정말 많은 즐거움이 찾아올 것이다.

행복은 옮겨지거나 소유되는 것도,
획득되거나 소비되는 것도 아니다.
행복은 매 순간
사랑과 은혜, 감사와 함께하는
영적인 삶의 경험이다.

데니스 웨이틀리 Denis Waitley **(미국의 연설가·작가)**

○

게다가 두 번째 문장 속 세 단어,
'사랑'과 '은혜'와 '감사'는 얻는 데 돈 한 푼 들지 않는다.
얼마나 멋진 일인가!

7월 7일

참을성을 기른다고 해서 고난을 이겨낼 수 있다는 뜻은 아니다.

헨리 나우웬 Henri Nouwen(네덜란드의 종교인)

내 생각에 이건, 압박 속에서 누리는 은혜로움과 비슷하다.

7월 8일

●

유년 시절이 인생의 방향을 결정짓는 것은 아니다.

○

서른일곱 살의 미스티 코플랜드는 명망 높은 아메리칸발레시어 터 역사상 처음으로 수석 무용수 자리에 오른 흑인 여성이다. 그녀는 자신이 새로운 발레 역사를 써 내려가고 있다는 점을 잘 알고 있다.

미스티와 함께한 자리에서 그녀는 자신이 특권층 가정에서 자랐다는 세간의 추측이 잘못된 것이라고 말했다.

"저는 한 부모 가정의 여섯 아이 중 하나였고, 춤을 추기 시작할 무렵 집에서 나와 독립했어요."

그녀는 어릴 적 겪었던 개인적인 어려움 덕분에 혹독한 발레의 세계에서 인내심을 가지고 성장할 수 있었다고 말했다. 자신의 분야에서 성공한 미스티는 젊은이들에게 진정한 자기 모습을 찾고, 부정적인 것을 무시하라고 조언하면서 이렇게 말했다.

"다른 사람의 말이 자신을 정의하게 하지 마세요."

7월 9일

겉만 보고 판단하지 마라.

가장 친한 친구 카렌은 출처가 확실하지 않은 이 문장이 좋다고 했다. 그녀는 맨처음 누가 말했는지는 기억나지 않지만 엄마가 가장 많이 말해줬다고 했다. "이 문장은 엄마가 아주 어릴 때부터 해준 좋은 말 중 하난데, 나도 내 딸한테 이 메시지를 전하려고 노력하고 있어."

카렌을 처음 만났을 때부터 그녀는 항상 이 문장이 말하는 방식으로 살아왔다. 그녀는 다른 사람과의 관계를 열린 마음으로 대했고, 늘 모두를 포용할 방법을 찾으려 애쓴다.

"우리는 모든 걸 눈에 보이는 것에 의지해 빠르게 판단하지. 하지만 진정한 아름다움은 내면에 있어. 시간을 들여서 찾아내야 해."

나는 확신 없어 하기엔 너무 긍정적이고,
두려워하기에 너무 낙천적이며,
패배하기엔 너무 단단하다.

당신도 이런 사람인가? 만약 지금 그렇지 않다면, 머지않아 꼭 그
렇게 되길 바란다!

7월 11일 ●

변화를 이해하는 유일한 방법은
그 속에 뛰어들어 함께 춤을 추는 것이다.

앨런 와츠Alan Watts(영국의 철학자 · 작가)   ○

내게 찾아온 변화, 즉 갱년기 때문에 아직도 얼굴에 열감이 올라
오지만 이는 줄어드는 에스트로겐과 벌이는 사투 때의 '열'만큼은
뜨겁지 않다.

나는 방송 중에 땀범벅이 되기도 했다. 정말 나쁜 건, 뜬금없는 순
간에 그런 변화가 찾아온다는 점이다. 급변하는 나의 체내 온도
는 조엘을 난감하게 했다. "온도를 조금 낮춰도 될까, 여보?" 땀을
흘리며 그가 말한다. "안 돼, 지금 나 얼어 죽을 지경이라고." 여름
에는 선풍기를 끌어안고 살다시피 한다.

얼굴이 터질 정도로 열감이 올라올 때는 마치 긴박하게 전장으
로 향하는 전투기 조종사처럼 보일 테지만, 뭐 아무렇지 않다.
앞으로도 우리는 우리가 해야 할 일을 하면 되니까. 그렇죠, 여
성분들?

젊음의 샘이 있다. 바로 당신의 마음가짐과 재능, 삶 속의 창의성,
그리고 당신이 사랑하는 사람들의 삶이 그것이다.
이들을 잘 활용한다면 정말 나이를 이길 수 있다.

소피아 로렌Sophia Loren(이탈리아의 배우)

그렇다면 코코넛 오일은 어떨까? 제나는 함께 진행하는 쇼에서
'가장 좋아하는 것들'을 꼽을 때 계속 코코넛이 재료로 들어간다
며 나를 놀렸다. 변명할 생각도 없다. 난 코코넛이 미치도록 좋다!
당장 우리 집 욕실만 봐도 그렇다. 전신에 사용하는 코코넛 오일,
코코넛 밀크와 아카시아를 원료로 한 페이스 오일, 코코넛 밀크
가 주재료인 밀크 클렌저, 코코넛 밀크와 아카시아 성분이 든 페
이스 로션, 또 생 코코넛 오일 성분이 함유된 메이크업 리무버 티
슈가 차곡히 진열되어 있으니 말이다.

7월 13일

인생은 예상치 못한 곳으로 우릴 데려가고,
사랑은 우릴 집으로 데려다준다.

그 누구도 위험한 전염병 때문에 몇 달 동안 집에서 격리되리라고는 예상하지 못했을 것이다. 배우 겸 레스토랑 경영자 아예사 커리는 어린 세 아이과 함께 세상으로부터 고립됐던 시간을 '달콤한 혼돈'이라고 표현했다.

그녀는 〈달콤한 7월(Sweet July)〉이라는 잡지를 발행하고 있다. 잡지 최신 호에서 그녀는 불안한 이 시기에 평정심을 유지하기 위해 지켜야 할 간단한 다섯 가지 습관을 소개했다.

- 침대 정돈하기
- 옷 입기
- 식사 계획을 세우고 스케줄 잡기
- 움직이기
- 와인을 마시고 빵을 먹기

7월 14일

세상에 행복한 아이만큼 아름다운 존재는 없습니다.

L. 프랭크 바움L. Frank Baum**(미국의 동화 작가)**

어느 날 헤일리를 데리러 30분 일찍 유치원에 갔다. 이날 평소보다 서두르지 않았다면 감동적인 장면을 못 봤을지도 모른다.

유치원 건물 앞에서 기차놀이를 하는 아이들이 보였다. 잘 보니 그중 헤일리는 승무원이 타는 칸 역할을 하고 있었다. 헤일리가 우연히 나를 발견하고는 놀란 표정을 지었다. 그리고 눈부시게 환한 얼굴로 웃어 보였다. 기차가 내 옆을 질주할 때 나는 헤일리가 친구들에게 "우리 엄마야!"라며 기쁜 목소리로 말하는 것을 들었다. 헤일리가 기차놀이를 내팽개치고 나에게 달려왔다. 심장이 터질 듯 뛰었다! 우리 둘에게 이보다 더 달콤한 순간이 있을까. 다시 돌아가 기차 대열에 합류한 헤일리가 나를 계속 가리키며 외쳤다.

"우리 엄마야! 우리 엄마라니까!"

우리에게 작별 인사는 없다.
당신이 어디에 있든,
항상 내 마음속에 자리하니까.

마하트마 간디 Mahatma Gandhi(인도의 정치인)

○

마음속에 항상 있을지라도,
난 당신이 늘 내 곁에 있었으면 좋겠다.
그리고 우리 두 딸도.

가끔은 모두를 행복하게 하려고 노력하는 사람이
제일 외로운 사람이기도 하다.

○

모든 가정에는 평화를 위해 노력하는 사람들이 있다. 그들은 정
신없이 발밑에 차이는 부스러기를 치워내 아무도 그것을 밟지 않
게 한다. 어쩌면 그들은 저런 노력을 하느라 현실에 한 발짝 떨어
져 있어서 외로울지 모른다. 모두가 함께 치우면 좋지 않을까?

7월 17일

친절은 그 자체로 동기가 될 수 있다.
우리는 친절함 덕에 친절해진다.

에릭 호퍼 Eric Hoffer(**독일의 사회학자 · 작가**)

2006년 제시카는 자신의 우상이던 돌리 파튼을 축하하기 위해 미국 케네디센터에서 돌리 파튼의 노래 〈9 to 5〉를 부르게 됐다. 그런데 당시 남자친구와의 문제로 무대에 서기 전 술을 마셨다. 제시카는 공연을 시작했지만 노래에 집중할 수도, 청중과 교감할 수도 없었다.

"완전히 얼어버린 거죠. 그냥 미안하다는 말밖에 할 수 없었어요. 돌리가 그날 그런 대접을 받아서는 안 됐으니까요."

그녀는 당황스러워 어쩔 줄 몰라 하며 무대를 떠났다. 잠시 뒤 누군가가 제시카의 탈의실 문을 두드렸다. 돌리였다.

"신경 쓰지 말아요, 제시카." 돌리가 말했다. "나도 그렇게 무대를 망친 적이 있어요."

그런 돌리의 모습을 보면서, 가능하다면 언제든 기꺼이 다른 사람을 도와야겠다는 따스한 마음이 생겨난다.

'안녕하세요'나 '좋은 아침입니다' 등 다정한 말 한마디 한다고
뇌가 어떻게 되진 않는다.

타이 하워드 Ty Howard(**미국의 풋볼 선수**) ○

쳇, 문을 열어줬는데 고맙다는 말도 안 하고!

7월 19일 ●

우리는 인내하도록 만들어진 존재다.
인내는 우리가 누구인지 알게 해준다.

토비아스 울프 Tobias Wolff**(미국의 소설가 · 대학교수)** ○

꿈틀대며 어딘가로 가던 애벌레가 도중에 멈춘 모습을 상상해보
자. 멈추긴 했어도 절대 도망치지는 않는다!

담지 못할 곳에 맞추기 위해 자신을 줄이지 마라.

○

이건 좀 뜨끔하지 않은가? 알고 싶지 않은 불편한 진실이다. 나는 모두가 이 문장에 공감하리라고 생각한다. 앞으로 나갈 때라는 걸 알면서도 그 상황과 장소, 또는 관계에 머무르기도 한다. 변화는 복잡하고 두려운 것이어서 가끔은 현재 상태를 견디는 것이 더 쉽게 느껴진다.

나 역시 관계를 유지하기 위해 나 자신을 '줄인' 적이 있었다. 하지만 뭐가 됐든 자신을 줄이는 것은 건강하지 못하다는 걸 길고 힘든 시간을 통해 깨달았다. 성장하지 못한 상황에서 과도한 환영을 받는 것은 가치 있는 삶을 위해 쓸 소중한 시간을 낭비하는 것이나 다름없다. 진작 예전에 이렇게 행동했으면 좋았을 걸 하는 생각에 안타깝기도 하다.

아마 오늘은 당신이 움츠린 자세에서 벗어나 하늘을 향해 힘껏 팔을 뻗는 첫날이 될 것이다. 숨을 크게 들이쉬고 머리 위로 손을 올려보자. 그리고 자신이 정말 있어야 할 곳을 떠올려보자. 겁이야 나겠지만, 우린 할 수 있다.

7월 21일 ●

나: 좀 잘래.

뇌: (크게 웃으며) 안 돼, 자지 말고 지금까지 네가 한 모든 어리석은 결정을 떠올려봐.

나: 알았어.

○

최악이다!

7월 22일 ●

나는 마침내 여덟 시간 동안 잤다. 4일 걸렸지만, 어쨌거나.

○

정말 그랬다! 4일에 여덟 시간이니, 하루에 두 시간이다. 나눗셈이 제대로 됐나…? 수면이 부족하면 머릿속이 좀 느리게 돌아가는 것 같다.

7월 23일

○

자기 관리는 우리에게 그냥 그런 모습 대신 최고의 모습을 선사합니다.

케이티 리드Katie Reed(영국의 운동선수)

다들 그렇겠지만 가끔 유독 바쁜 날이 있다. 며칠 동안의 긴 여행과 쉼 없이 몰아치는 일정 끝에 결국 체력이 바닥났다. 직장에서도 제대로 정신을 차릴 수 없었고 속도 메스꺼웠다. 몸 관리를 해야겠다고 결심한 뒤 계획을 세웠다. 오후 5시에는 모두와 함께 저녁 식사를 할 것, 6시까지는 아이들은 재울 준비를 마칠 것.

집에 돌아와 보니 예상대로 상황이 긴박하게 돌아갔다. 젖병을 입에 문 호프의 얼굴이 마치 "벌써 자야 하는 거야?"라고 말하는 듯했다. 응, 맞아. 지금 자야 해. 헤일리는 "엄마, 나 똥 마려워"라는 말로 시간 끌기 전략을 시도했다. 그럴 순 없어, 안 돼.

7시 15분이 되자(귓가에 천사들의 노랫소리가 들리는 듯했다) 나는 과자 한 봉지를 들고 침대로 기어 들어가 휴대전화로 캔디 크러쉬 게임을 했다. 정말 행복했다. 그리고 7시 30분에는 잠이 들었다.

7월 24일 ●

발전은 나로부터 시작된다.

○

자신이 어떻게 행동했는지 당신이야말로 잘 알고 있다! 앞으로 나아지느냐 아니냐는 당신에게 달렸다.

걷다가 발을 헛디뎌도
그것이 여행의 끝이 되게 하지 마라.

○

흙을 툭툭 턴 다음 거대한 끝을 향해 계속 나아가라!

7월 26일

●

진정한 사랑 이야기에는 끝이 없다.

리처드 바크 Richard Bach(미국의 소설가)

○

린지 윌크와 메건 그랜트는 유품을 취급하는 가게에서 우연히 오래된 연애편지를 발견했다.

"편지 속 글들이 너무나 아름다웠어요." 메건이 말했다. "아마 여러분도 읽으면 마음이 녹아내릴걸요. 책을 읽는 것 같은 기분이 들더라고요."

편지의 주인공들이 사랑에 빠졌지만 제2차 세계대전 때문에 헤어졌다는 정황이 명백해지자, 둘은 편지 속 주인공인 '일레인'과 '엘리아스'를 직접 만나고 싶어졌다. 하지만 불행하게도 찾던 두 사람은 이미 세상을 떠난 뒤였다. 린지와 메건은 둘의 자녀 중 한 명인 바버라에게 연락을 취했고, 바버라가 사는 뉴저지까지 무려 1,300킬로미터나 되는 거리를 운전해 찾아갔다.

"전혀 생각도 못 했는데…. 감동했어요." 바버라가 말했다. "잘 간직하다가 아이들과 손주들에게 물려줄게요. 정말 소중한 보물이네요."

당신의 영혼은 마치 꽃이 태양에 끌리는 것처럼 사람들에게 이끌린다.
당신의 성장을 보고 싶어 하는 사람들로만 주위를 채워라.

○

네브래스카에 있는 한 도서관의 사서 벳시 토머스는 코로나19 사태가 지속되는 동안 750명의 초등학생이 배움의 끈을 놓지 않고 계속 성장하도록 만들 생각이었다. 학교에 올 때마다 그녀는 지하실에 있는 자신의 사무실에서 '토머스 부인의 일일 이야기 시간'을 녹화했다. 해적에서 지게차 운전사에 이르기까지 온갖 정교한 의상을 차려입고 영상을 볼 어린 시청자들을 위해 책 속의 내용을 생생하게 전달했다.

나는 모두가 사랑하는 사서를 위한 학교의 깜짝 이벤트에 참여할 수 있어 정말 기뻤다. 내가 영상통화로 벳시의 주의를 분산시킨 틈을 타, 완벽하게 의상을 갖춰 입은 학생들이 그녀의 집 앞 잔디밭으로 모여들었다. 문을 연 벳시의 눈에 그녀가 사랑하는 아이들의 모습이 들어왔다! 아이들은 손을 흔들며 이야기책 속 캐릭터 의상을 제각기 뽐냈다. 벳시가 눈물이 그렁그렁한 얼굴로 말했다.

"이런 아이들이 있기에 선생님들이 힘을 내는 거예요."

7월 28일 ●

인생에서 가장 어려운 결정 중 하나는
어떤 다리를 불태우고 어떤 다리를 건널지 정하는 것이다.

○

나는 어떤 다리든 불태우는 것은 별로다. 정치가들이 가끔 이런 표현을 해서인지도 모르겠다. 불태웠다고 해놓고는 어느새 슬쩍 그 비슷한 다리에 올라서니 말이다. '불태우고'를 '작별 인사를 하고' 정도로 바꾸면 그나마 나을 것 같다.

7월 29일 ●

당신은 새로운 목표를 세우거나 또 다른 꿈을 꾸기에
많은 나이가 아니에요.

레스 브라운Les Brown**(미국의 가수)** ○

제나가 우리의 라이브 쇼 〈호다 & 제나〉가 방송되던 주에 놀라운
소식을 전해줬다. 금요일에 오프라 윈프리가 게스트로 출연할 수
도 있다는 것이다!

그리고 마침내 '토크쇼의 여왕' 출연이 정식으로 확정됐다! 나중
에 알고 보니 제나는 손편지와 꽃, 책으로 오프라의 마음을 얻었
다고 한다. 제나가 언젠가 해낼 줄 알았어!

어느덧 고대하던 당일이 됐고, 오프라가 촬영장에 모습을 드러내
자 우리만이 아니라 스튜디오의 모든 관객이 열광했다. 수십 년
간 다른 사람의 마음을 다독여준 오프라에게 고마움이 북받쳐 눈
물을 참을 수 없었다. 50대 중반인데도 개학 첫날이나 크리스마
스 아침에 찾아올 법한 설렘을 느낄 수 있다니, 얼마나 멋진 일인
지!

232

어린 시절의 의미는 단순함이다.
어린아이의 눈으로 세상을 보라.
정말 아름답다.

카일라시 사티아르티 Kailash Satyarthi**(인도의 시민운동가)** ○

제대로 된 수면 관리를 위해 조엘과 나는 헤일리의 침실에 조명 기구를 설치해 아이가 일어날 시간을 정하도록 했다. 불이 초록색으로 바뀌면 〈반짝반짝 작은 별〉 노래가 흘러나온다. 어찌나 귀여운지!

어느 날 아침 '곧 있으면 일어나야 할 것 같은' 느낌이 든 헤일리가 나를 부르는 소리가 들렸다. 방에 들어가자 잠옷을 입은 딸이 침대에 누워 있었다. 곧 노래가 흘러나왔고 헤일리가 내 손을 잡더니 "엄마, 같이 춤추자"하고 말했다. 딸아이가 너무 사랑스러워 하마터면 눈물을 흘릴 뻔했다. 춤을 추며 방을 한 바퀴 돌고 나서야 헤일리는 내 눈가가 촉촉하다는 걸 알아차렸다. 내 눈물은 믿을 수 없이 달콤한 순간 때문에 차오른 것이었다.

내 안의 불이 날 둘러싼 불보다 더 밝게 타올랐기 때문에 살아남은 것이다.

조슈아 그레이엄 Joshua Graham**(롤플레잉 게임 〈폴아웃〉의 등장인물)** ○

코로나19 사태 속에서 우리는 친구와 가족이 얼마나 소중한 존재인지 안전하게 표현하는 방법을 찾아냈다. 영국의 한 아빠가 코로나바이러스 검사 때문에 여섯 살 난 딸 카르멜라와 헤어져야하는 상황을 맞았다. 아빠는 근육위축병을 앓고 있던 딸이 위험에 처하지 않도록, 일하지 않을 때는 집 뒷마당 정원의 헛간에서거주하기로 했다.

〈투데이〉에서 우리는 부녀의 일상을 담은 따스한 영상을 내보냈다. 둘은 여러 가지 손 모양을 사용해 번갈아 말했다.

"아빠, 저는 아빠를 이만큼 사랑해요."

"우리 딸, 나도 이만큼 사랑한다."

사랑하는 사람을 지키기 위해 멀리 떨어져달라는 '요청'은 옆에서보는 것만으로도 고통스럽다. 그러니 당사자들은 오죽할까.

8월
◇◇◇◇◇◇◇◇

AUGUST

8월 1일 ●

인생은 일시적인 경험의 아름다운 집합체다.
그런 당신만의 모음집을 소중히 간직하고 다른 사람과 즐겨 나눠라.

매슈 칸 Matthew Kahn**(미국의 교육자)**　　　　　　　　　　　　　　○

방송인이자 영화배우인 마리아 슈라이버는 사람들에게 새로운
사람을 저녁 식사 자리에 초대해보라고 권했고, 그 아이디어는
셰리의 마음에 깊은 인상을 남겼다.

"처음엔 열두 명의 멤버로 시작됐어요. 다들 세상을 보는 관점과
겪어온 경험이 달랐습니다." 그녀가 말했다. "남편이 그러더군요.
'여보, 이 사람들 진짜 끝내주는데. 도대체 어떻게 이런 사람들을
알게 된 거야?' 라고요."

그녀가 소셜 미디어를 통해 시작한 '매주 저녁 식사에 다른 사람
초대하기' 활동에는 현재 미국 내 20개 주와 3개국 출신의 사람들
이 참여하고 있다. 그리고 저녁 식사 무대는 롱아일랜드의 휴양
지로 옮겨져 더 많은 사람이 참석하게 됐다. 이 일화는 우리가 다
른 사람과의 연결고리를 얼마나 원하고 있는지 보여준다.

그올린 자국은 희미해져도 추억은 영원하다.

○

전염병 탓에 바닷가에서의 휴가 계획을 취소해야 했던 한 가족의 사연이 〈투데이〉에 도착했다. 한 엄마가 '더 나은 상황'을 위해 생각해낸, 정말 독창적인 해결책을 담은 영상이었다.

그녀는 수영복을 입고 물안경까지 쓴 아이들이 욕실 문밖에 대기하고 있는 모습을 카메라에 담았다. "바닷가 갈 준비 됐니?"라고 엄마가 물었다. 펄쩍 뛰며 대답한 아이들은 욕실로 들어가 사방을 둘러보고는 큰 소리로 외쳤다.

"바닷가야! 신난다!"

그녀는 물을 가득 채운 통과 모래를 담은 접시, 그리고 양동이와 삽을 준비했다. 욕실 벽에는 종이 물고기와 종이 야자나무가 테이프로 붙여져 있었다. 나머지 바닷가 풍경은 천장을 가로지르는 구름과 태양 모양의 장식으로 완벽하게 재현됐다.

그 엄마는 "아이들이 세 시간이나 '바닷가'에서 놀았어요!"라고 말했다.

행복으로 가는 길은 없다.
행복이 곧 길이다.

A. J. 무스테A. J. Muste**(네덜란드의 운동가)** ○

내가 아는 사람 중 가장 행복한 사람은 〈투데이〉의 건강 및 영양 분야 담당 전문가인 조이 바우어다. 조이는 영양가 있고 맛있는 음식 조리법을 만드는 데 천재적이다. 최근 출간한 요리책에서 그녀는 '영원한 젊음을 위한 150가지 레시피'를 제안했다. 당신이 좋아할 것 같은 레시피를 하나 골라 소개한다.

로디드 피망 나초 만들기

- 빨간색 피망 여섯 개를 4등분해 썰고 씨를 제거한다.
- 500그램 정도 되는 간 고기를 볶은 다음, 타코 양념 꾸러미에 물 3분의 2 컵, 검은콩과 옥수수 2컵을 넣는다. 기호에 따라 할라페뇨를 4분의 1컵 넣어도 좋다.
- 숟가락을 이용해 후추를 넣어준다. 그리고 1컵 분량의 저지방 치즈도 뿌려 보자.
- 화씨 375도(섭씨 약 190도)에서 10분 정도 굽는다. 기호에 따라 살사 소스 나 고수 잎, 사워크림을 더해도 좋다.

건강하다는 느낌만큼 좋은 것은 없다.

○

〈투데이〉 제작진이 건강 코너를 위해 몸무게 측정을 제안했을 때 제나와 나는 선뜻 동의했다. 아이를 둔 엄마로서 젊을 때 몸무게로 고민했던 우리 경험을 우리 아이들이 똑같이 겪지 않았으면 해서다. 그렇다고 우리 둘 다 체중계에 올라서서 본 숫자에 만족한 건 아니었다.

몸무게를 잰 다음 단계는 몸무게 감량과 함께 뇌 건강 및 에너지 증진을 위한 '간헐적 단식' 시도였다. 우리는 방송 준비를 해야 해서 보통 새벽 3시에 일어나기 때문에 아침 10시까지 먹지 않고 기다리는 과정(오후 6시 이후에는 금식도 해야 했다)이 부담스러웠다. 그렇지만 한 달 동안 간헐적 단식을 실행해보기로 했다.

어떤 결과가 나왔을까? 하루도 지나지 않아 평소보다 더 예민해진 걸 느꼈다. 겨우 한 달을 버텼지만 당신이 이 글을 읽는 시점까지 과연 잘 실행하고 있을지 의문이다. 부디 유혹을 이겨내고 건강해진 내가 되어 있기를.

8월 5일

자신을 믿는 어린아이 뒤에는 아이를 믿어주는 부모가 있습니다.

매슈 L. 제이컵슨Matthew L. Jacobson(종교인)

종종 아이들이 사물을 더 명확히 보는 것처럼 느낀다. 사람들이 다른 사람을 부당하게 대하는 문제를 고치려면 어떻게 해야 하는지 아이들에게 물어본 적이 있다. 열다섯 살 소녀 말리 디어스는 긍정적인 에너지를 내뿜으며 나를 놀라게 했다. 그녀는 이미 흑인 소녀를 다룬 책 수천 권을 학교에 나눠주는 캠페인을 하고 있었다! 그녀는 이렇게 말했다.

"지금 시대가 저와 닮은 사람들을 공격하는 것 같아 좌절감이 느껴지기도 해요. 사람들이 인종차별이 존재한다는 사실을 이해해야 한다고 생각해요. 누구나 흑인이 될 수 있고 백인이 될 수도 있잖아요. 태평양 섬 주민이 될 수도 있고요. 그런 사실이 아무렇지도 않다는 걸 이해했으면 좋겠어요. 사실 이 많은 차이점이 나라를 아름답고 놀랍게 만들잖아요. 그리고 우리라는 사람을 존재하게 하고요."

아이들이 간단한 하나의 생각, 즉 우리는 모두 공평하다는 점에 동의한다는 것을 알고 나니 다가올 미래가 더 기대된다.

8월 6일

당신의 마음은 곧 당신의 악기다.

레메즈 사순Remez Sasson(작가)

삶은 도전의 연속이기에 우리는 가끔 우리가 지닌 '악기'를 조율해야 한다. 내 생각엔 오늘이 우리 마음의 음색을 조절하기에 더없이 좋은 날 같다.

- 긍정
- 격려
- 희망
- 감사
- 결심
- 배려

힘들 때 강하려면 일단 강해져야 합니다.

틸만 J. 퍼티타 Tilman J. Fertitta(미국의 사업가) ○

2019년에 트레이너 월 웨버를 고용했다. 쉰다섯의 나이에 어린 딸이 둘이나 있는 나는 앞으로도 아이들과 함께 놀아주려면 누군가의 도움이 필요했다. "그러니까 팔 근육을 단련하고 싶은 건가요? 아니면 복근?" 월이 물었다. 내가 "아니요"라고 대답했다. 나는 하루에 계단을 백 번씩 오르내릴 수 있는 체력을 원했다. 또 16킬로그램에 가까운 딸을 공중으로 띄웠다가 무사히 안아 들 팔 힘도 필요했다.

건강을 유지하기 위해 악착같이 체육관을 드나들었지만, 그렇다고 내가 체육관을 사랑하는 사람은 절대 아니다. 이제 강해져야 하는 두 가지 이유가 생겼으니 체육관으로 향하는 발걸음이 전보다 더 큰 의미를 갖게 됐다. 두 딸을 모두 안고 다녀야 하는 상황이라면 그것도 할 수 있을 만큼 강해지고 싶다.

가치 있는 목표를 향해 나아가는 순간 성공할 것이다.

찰스 칼슨 Charles Carson (**미국의 작가·기업가**)

○

맞는 말이다.
우리가 내딛는 첫걸음이 이미 승리를 의미한다.

8월 9일 ●

살면서 밟는 길 몇 개는 흙으로 덮인 길이 되게 하라.

○

맨발로 흙을 밟아본 지가 언제인지 기억도 나지 않는다. 그나마 종종 가던 바닷가조차 코로나19 탓에 발걸음을 하지 못했다. 사람도 자연의 일부라서 가끔은 어머니 대지와 피부를 맞대야 하는데…. 우선 코로나 사태가 진정되길 기다리는 수밖에 없는 듯하다.

8월 10일

갑자기 기쁨이 느껴진다면 주저하지 마라.
그 기쁨에 몸을 맡겨라.

메리 올리버Mary Oliver(미국의 시인)

내 생각에 이건 아이들이 제일 잘하는 것 같다. 그래서 내가 아이들에게 끌리는지도 모르겠다. 기뻐서 깔깔 웃고 폴짝폴짝 뛰어다니는 아이들의 모습을 놓치지 마라! 아이들은 자유롭게 환희에 빠진다. 무슨 이유로든 즐거워하고 택배 상자처럼 단순한 물건에도 열광한다.

아마 어른들은 마감일에 쫓기는 부담이나 어깨에 짊어진 많은 책임감 때문에 기쁨의 순간에 오래 머물 여유가 없을 것이다. 오늘 하루, 즐거움을 느낄 만큼 운이 좋다면 부디 천천히 그 행복을 만끽하길 바란다.

8월 11일 ●

지금이 완벽한 나이라는 것을 알라.
매해는 일생에 단 한 번 찾아오므로 특별하고 소중하다.
그러니 나이 먹는 것을 편안하게 생각하라.

루이스 L. 헤이 Louise L. Hay**(미국의 작가)** ○

나는 노화를 건전하게 받아들이는 편이다. 딸들이 너무 어리다는 것이 50대인 나의 유일한 고민이다. 그렇기에 작은 천사들과 함께하는 매일이 더 소중하게 느껴진다.

8월 12일 ●

나는 가능성 안에 산다.

에밀리 디킨슨 Emily Dickinson**(미국의 시인)** ○

이 문장은 잠재력으로 향하는 문을 활짝 열어준다. 낙관적인 태도로 최선을 다하고 그 마음가짐을 유지하려 노력하는 것은 건전할 뿐 아니라 직접 실천할 수 있는 계획이기도 하다. 우리 마음의 눈이 찾아오는 기회를 잘 잡는다면 우리만의 길을 잘 갈 수 있다! 오늘 무언가 해냈다면 생각해보자. 내가 뭘 못 하겠는가?

글의 미덕은 마음과 가까이 두고 반복해 읽을 수 있다는 점입니다.

플로렌스 리타우어 Florence Littauer**(미국의 작가)** ○

당신은 연애편지를 쓰는가? 요즘엔 이유가 뭐가 됐든 편지를 잘 쓰지 않는다. 그래서 제나가 해준 할아버지 조지 H. W. 부시의 편지 이야기를 듣고 크게 감동했다. 그는 결혼기념일을 맞이해 아내 바버라 부시에게 편지를 썼다.

"나랑 결혼해줄래요? 아, 깜빡했네요. 49년 전 오늘 벌써 말했다는 걸! 1945년 그날도 정말 행복했지만 오늘은 더 행복합니다. 당신은 내게 특별한 기쁨을 줍니다. 나는 세상에서 가장 높다고 할 만한 산을 올랐지만, 이조차 당신의 남편이 되는 것보다 의미가 크진 않아요."

얼마나 아름다운 편지인가! 이 부부는 60년이 넘도록 서로에게 연애편지를 썼다.

"당신을 진심으로 사랑해요. 내게 준 당신의 사랑을 느끼는 것 자체가 내 삶을 의미합니다."

8월 14일　　　　　　　　　　　　　　　　　　　　　　●

난관이 무엇인지 알지 못한다면 극복할 수도 없다.

○

이혼에서 유방암에 이르기까지, 살면서 힘든 시기를 겪을 때마다 긍정적인 메시지를 담은 교훈들이 지지대 역할을 해줬다. 물론 그 교훈을 받아들일 준비가 됐을 때 이야기다.

배운 것에 관해 일기를 쓰는 건 그런 점에서 무척 유용하다. 절망적인 경험 속에서도 좋은 교훈을 찾아내고 나를 다시 무장해 삶으로 돌아오게 하는 데 도움이 됐다.

변호사로서의 나: 좋아, 일단 무례했어.

○

우리 이모할머니 무피다는 이집트 최초의 여성 변호사였다. 여성의 편에 선 강력한 지지자이기도 했던 무피다는 이집트에서 여성투표권을 위한 투쟁에 앞장섰으며, 정당을 만들어 권리를 쟁취하기도 했다.

해외로 가족 여행을 갈 때면 이모할머니를 찾아뵙곤 했다. 뉴올리언스에서 일할 때 그녀를 인터뷰하기 위해 이집트에 간 적이 있다. 그녀와 함께 법원을 돌아다니는 건 마치 유명 가수 티나 터너의 팔짱을 끼고 돌아다니는 것처럼 느껴졌다. 이모할머니는 스타 법조인이었다!

그녀와 나눴던 이야기 중 기억에 남는 일화가 있다. 차를 타 오라고 한 남자 동료 변호사에게 이렇게 받아쳤다고 한다.

"왜 그래야 하죠? 나도 당신과 똑같은 변호산데요."

8월 16일

우리가 자신의 나이를 모른다면 몇 살로 살고 있을까요?

새철 페이지 Satchel Paige**(미국의 야구 선수이자 코치)**

《내가 왜 이 방에 들어왔을까?(Why Did I Come into This Room?)》, 그녀가 지은 제목이 모든 것을 말해준다. 미국의 저널리스트 조 앤 런든이 예순아홉 살 때 쓴, 나이 듦을 다룬 책의 제목이다. 본 인이 경험한 나이 듦과 관련해 그녀의 이야기를 들을 기회가 있 었다.

그녀는 '저물어가는 삶을 거부할 때'에 관해 다음과 같은 중요한 팁을 알려줬다.

- 햇빛을 쐬고 신선한 공기를 들이마신다.
- 더 많은 에너지를 담아 목소리를 낸다.
- 선행을 베푼다.
- 행복을 느낄 수 있는 행동을 한다.
- 재미있는 TV 프로그램이나 영화를 본다.

나보다 더 큰 무언가의 일부가 되어라.

○

교수 이브람 X. 켄디는 〈뉴욕타임스〉 베스트셀러 작가이자 사학자로, 현재는 보스턴대학교의 반인종차별센터에서 소장직을 맡고 있다. 미국에서 흑인으로 사는 것에 관한 이브람의 관점에는 코로나바이러스 같은 질병이나 억압, 폭력으로 인해 말도 안 되는 위험에 직면한 지금의 현실도 포함됐다. 그의 목표는 자신의 정체성을 찾은 사람들이 인종차별에 반대하고 자신과 다른 사람을 모두 같은 인류로 보는 거였다. 그는 이렇게 말했다.

"역사적으로 봤을 때 인종차별 때문에 생긴 일련의 사건들은 부정적으로 여겨졌습니다. 하지만 사실 인종차별과 관련한 그런 진통은 일종의 고백이자 인정이며, 기꺼이 상처를 감내하겠다는 의지에 해당한다고 볼 수 있죠."

그는 우리 자신이나 나라에 문제가 있음을 인정하지 않는다면 결코 그 문제를 해결할 수 없다고도 덧붙였다.

8월 18일

●

절대 서두르지 마라.
조용히, 평온한 마음으로 모든 일을 하라.
온 세상이 분노한 듯 보여도 내면의 평화를 절대 잊지 마라.

성 프란치스코 살레시오 Saint Francis de Sales**(이탈리아의 종교인)**

○

아이와 함께하는 것은 내 삶을 더 바쁘게 했지만 잘 생각해보면
내 속도를 늦춰준 것 같기도 하다. 두 딸과 어울리다 보면 아이에
게만 집중하게 돼 휴대전화를 통해 수시로 닥쳐오는 혼란스러움
에서 해방된다.

조그만 가정을 꾸리는 건 엄청난 마음의 평화를 가져다준다. 엄
마가 되는 것이 내가 해야 할 일이기 때문이다. 종종 토네이도처
럼 몰아치는 상황을 마주하지만 더 잘하려고 노력한다. 두 딸 헤
일리와 호프에 관한 한 무엇도 서두르고 싶지 않다.

8월 19일　●

어떤 사람들은 버티고 또 버티는 것이 엄청난 힘을 의미한다고 믿는다.
하지만 때로는 놓을 때를 알아야 하고, 놓으려면 훨씬 더 큰 힘이 필요하다.

앤 랜더스Ann Landers(미국의 기자)　○

어느 날 〈투데이〉의 동료 샤넬 존스가 불만이 가득한 얼굴로 분장
실에 들어왔다. 의자에 털썩 주저앉은 그녀는 일주일에 6일이나
일을 하는 바람에 일요일에만 어린 세 자녀와 시간을 보내야 했
던 상황에 화가 나 있었다.

"토요일에는 왜 일하는 거예요?" 마리아 슈라이버가 물었다.

"음, 제 쇼여서요."

샤넬의 대답에 마리아가 고개를 끄덕이고는 또 물었다. "그렇군
요. 쇼를 하고 싶은 거죠?"

샤넬이 말했다. "제가 안 하면 다른 사람이 할 테니까요."

뜻밖에도, 몇 달 후 샤넬은 주말 쇼를 그만두겠다고 선언했다. 그
뒤 스튜디오에서 그녀를 만났을 때 내가 말했다. "샤넬, 이제 주 5
일 근무네요."

그녀는 웃었고 흥겨운 듯 살짝 몸을 흔들어 보였다! 더 값진 것을
가로막는다면 가끔은 우리가 하는 일을 놓아야 한다. 샤넬은 아
이들을 위해 일을 줄였다.

우리가 아이들에게
남길 수 있는 가장 위대한 유산은
행복한 기억입니다.

오그 만디노 Og Mandino **(미국의 작가)**

○

이것도 생각보다 쉽다.

어린 시절의 행복한 기억은

자전거와 그네, 캠프파이어, 다이빙대, 소풍처럼 보통은

아주 단순한 것들이기 때문이다.

8월 21일 ●

마음이 거짓이라는 걸 아는데도 머리를 설득해야 할 때가 가장 혼란스럽다.

○

진짜 이 혼란스러움은 총알이 빗발치는 전쟁터를 방불케 한다.

아이를 훌륭한 사람으로 키울 필요는 없다.

그냥 아이에게 자신이 훌륭한 사람이라는 것을 상기시켜라.

태어났을 때부터 꾸준히 그렇게 한다면 아이는 자연히 믿을 것이다.

윌리엄 마틴 William Martin**(미국의 작가)** ○

스틸링 K. 브라운은 방송인 윌리 가이스트와 인터뷰하면서 자기 일과 사생활에 관해 이야기했다. 도중에 화제가 인생에서 겪은 상실로 향하자, 스틸링은 자신이 겨우 열 살일 때 아버지가 심장 마비를 일으켜 구급대원들의 들것에 실려 집을 나서던 마지막 모습을 떠올리며 눈가가 붉어졌다.

"들것에 실려 옮겨지던 아버지가 난간 위로 절 쳐다보더니 윙크를 했어요…. 순간 정말 큰 사랑이 느껴졌습니다. 그 짧았던 순간으로 다시 가고 싶다고 생각해왔어요. 지금까지 10년 동안이나 말이죠."

스틸링은 그런 아버지를 본보기로 삼으려 노력하며 여덟 살과 네 살 된 두 아들을 키우고 있다고 했다.

8월 23일

매일 긍정적인 부분을 찾아내라.
다른 때보다 더 열심히 찾아야 할 날도 있겠지만,
도전으로 자신을 강하게 만들어라.

○

종종 긍정적인 부분을 찾아내는 것은 부정적인 상황을 차단하는 것을 의미한다. 메리앤 레센데즈라는 이름의 싱글 맘이 코로나19 시국에 이를 시행했다. 가능한 한 집에 머물러달라고 권고받는 시기지만, 학교에서 돌아온 아이들을 낮에 돌보지 못하거나 그럴 배우자가 없는 부모에게는 이 권고가 거의 실행 불가능하다. 장을 볼 때 딸과 동행한다는 이유로 따가운 눈총을 받으리라고 예상한 메리앤은 부정적인 상황에 맞닥뜨리지 않으려고 최선을 다했다. 어린 딸 벨라 로즈를 쇼핑 카트에 앉히기 전 딸에게 마스크를 씌우고 다음과 같은 글귀를 써서 딸의 등에 붙였다.

저는 다섯 살입니다. 혼자 집에 있을 수 없어서 엄마랑 같이 장을 봐야 해요. 뭐라고 하시기 전에 2미터 뒤로 물러나 주세요.

때때로 성공은
의외의 순간에 찾아온다.

○

가끔은 시나몬 커피 케이크에
푸석푸석한 토핑을 얹어야 할 때가 있다.
그래야 더 맛있다.

8월 25일

누군가의 인생에서 가장 어두운 순간에 촛불을 켜는 법을 배워라.
다른 사람에게 빛이 되어라.
그것이 삶에 가장 깊은 의미를 부여한다.

로이 T. 베넷Roy T. Bennett(미국의 정치인 · 작가)

미국 정부는 경찰의 과잉 진압으로 사망한 조지 플로이드 사건과 관련해 마침내 대화에 나서기로 했다. 나는 경찰에 의해 아들을 잃은 또 다른 비극적인 사건의 엄마와 이야기를 나누었다.

세퀘트 클라크의 아들 스테판 클라크는 2018년 할머니 집 뒤뜰에서 그의 휴대전화를 총으로 착각한 경찰의 총격으로 스물세 살의 나이에 사망했다. 세퀘트는 조지 플로이드 사건과 관련한 경찰관들의 체포 및 해고는 정의로운 처사라고 말했다.

"우리 삶과 아이들의 목숨이 중요하다고 이야기해주는 판결이니까요. 세상이 바뀌고 있다는 사실에 그저 신에게 감사할 따름입니다."

모두에게 사랑받지 않아도 된다. 그냥 좋은 사람 몇 명이면 된다.

채러티 바넘 Charity Barnum**(영화 〈위대한 쇼맨〉의 등장인물)**

들자니 B 부인이 1800년대에 유명 인사였던 남편 P. T. 바넘(영화 〈위대한 쇼맨〉의 모티브가 된 미국의 사업가—옮긴이)에게 저렇게 말했다고 한다. 그로부터 200년 가까이 지난 뒤 많은 사람이 소셜 미디어를 이용하게 되면서 이 문장이 더 큰 반향을 불러일으키고 있다.

아이들의 눈에는 세계 7대 불가사의가 보이지 않는다.
그들의 눈에는 700만 가지에 달하는 불가사의가 보인다.

월트 스트레이티프 Walt Streightiff**(작가)** ○

부활절에 딸 헤일리에게 선물이 가득한 부활절 바구니를 준 나는 다음과 같은 광경을 목격했다. 헤일리는 아주 큰 분홍색 고무공을 향해 곧장 걸어갔다. 딸은 공을 집어 들더니 눈이 휘둥그레져서 물었다.

"이게 뭐야?"

그러고는 공을 튕기며 웃음을 터뜨렸다. 세상에나. 난생처음 내 딸이 크고 동그라면서 튀어 오르는 물건을 알게 된 거다. 헤일리에게는 정말 경이로운 순간이었다.

8월 28일

다른 것들이 우릴 변화시켜도 우리의 시작과 끝은 항상 가족과 함께다.

앤서니 브란트Anthony Brandt(미국의 작곡가 · 작가)

비 오는 날에는 아늑한 기분이 든다. 좋은 책이나 영화를 감상하기에도 좋은 시간이다. 어느 날 오후가 그랬다.

두 딸이 간식을 먹고 장난감을 가지고 노느라 바쁘게 돌아다녔지만 그 즐거움조차 시시하게 느껴질 정도로 지루한 비가 창문을 세차게 두들겼다. 나는 분위기를 전환하기 위해 음악을 틀려고 인공지능 스피커를 향해 말했다.

"알렉사, 〈비 오는 날의 사람들(Rainy Day People)〉 틀어줘."

사람을 위로하는 고든 라이트풋의 목소리가 집 안 가득 울려 퍼지자 헤일리, 호프와 함께 노래를 따라 불렀다. 남편과 나는 거실을 돌아다니며 천천히 춤을 추었다. 헤일리가 두 손으로 입을 막고 키득거리기 시작했다. 호프는 호기심에 찬 눈으로 우리를 바라봤다.

믿기 힘들 정도로 아름다운 순간이었다. 그날 하루 중, 아니 어쩌면 지난 한 달을 통틀어 가장 행복했던 순간이었을지 모른다. 비 오는 날의 우리 가족을 나는 정말 사랑한다.

8월 29일 ●

좋은 친구는 별과 같다.
항상 바라보지 않아도 늘 그곳에 있다는 걸 안다.

○

2017년 입소문을 타던 아름다운 영상 하나가 코로나 시기에 트위터에 올라오더니 조회 수가 급증했다. 언제가 됐든 꼭 봐야 할 기분 좋은 영상이기에 소개한다. 영상을 재생하면 시애틀에 사는 한 아빠와 네 살 난 딸이 소파에 앉아 랜디 뉴먼의 노래 〈내 안의 친구를 만났군요(You've Got a Friend in Me)〉를 번갈아 가며 부르는 모습이 나온다. 아빠 조시 크로스비가 기타를 연주하고 어린 딸 클레어는 영상 내내 머리끈을 만지작거린다. 흐뭇한 광경이다! 두 사람의 노래는 아주 멋졌다.

〈투데이〉와의 인터뷰에서 조시가 이렇게 말했다.

"모두가 이 힘든 시기에 옆에 있는 가족과 친구들이 한 줄기 빛이란 걸 깨달았을 거예요. 우리는 두려운 무언가에 맞서 하나로 뭉치고 있습니다. 멋진 일이죠."

8월 30일

눈물짓게 하는 무언가가 있다면 그건 우릴 은혜롭게 해주기도 할 것이다.
고통은 절대 헛되지 않다.

밥 고프 Bob Goff(미국의 법조인)

요리 솜씨가 뛰어난 나탈리 모랄레스는 배우이자 작가인 템비 록과 함께 인터뷰를 진행했다. 템비의 부엌에서 둘은 나탈리가 만난 일생일대의 사랑, 요리사였던 사로 굴로에 관해 이야기를 나누었다. 2002년 이 부부는 사로의 암 진단으로 큰 위기를 맞았고 그로부터 10년간이나 투병 생활을 해야 했다.

2012년 결국 사로는 세상을 떠났고 템비는 그런 사로를 잊지 않고 기억하기 위해 요리를 시작했다. 그 결과가 담긴 레시피가 책으로 탄생했다. 템비는 시간이 지나면서 사로의 병 때문에 자신에게 주어진 축복을 발견했다고 말했다.

"그 덕에 우리의 사랑이 더 깊어지고 위대해졌다고 생각해요. 어쩌면 현실에서는 앞으로 더 나아가려는 생각을 하지 않았을지도 모르는데, 결국 시련이 그렇게 우릴 이끌었으니까요."

이들에게 부디 축복이 가득하길 기도한다.

마음을 가라앉히면 영혼이 입을 열 것이다.

마 자야 사티 바가바티 Ma Jaya Sati Bhagavati**(미국의 종교인)**   ○

〈투데이〉에서 스트레스와 불안 해소를 다루는 라이프 코치 제이 세티와 인터뷰를 진행했다. 승려였던 제이는 고독과 고독이 자아내는 놀라운 회복의 힘을 강조했다. 그는 새로운 것을 배우거나 책을 읽는 것처럼 매일 행복해질 수 있는 혼자만의 일을 찾으라고 추천했다.

그는 액자에 담긴 사진이나 아이들이 그린 그림, 좋아하는 노래처럼 행복해지는 광경과 소리로 가득 찬 주변 환경을 만들어보라고도 권했다. 그런가 하면 냄새도 기분 전환에 도움이 된다고 했다. 촛불을 켜거나 좋아하는 음식을 요리하는 것도 효과가 있다고 한다.

나는 실제로 그가 해준 대부분의 조언을 따라 생활하고 있다. 긍정적인 활동으로 하루를 시작하고 끝을 맺으니 기분이 좋았다. 매일 머리맡에 읽을거리를 두고 아침저녁으로 자신에게 힘을 불어넣으려 노력한다. 바쁜 삶이지만 잠시라도 멈춰 서서 당신의 영혼에게 말할 기회를 주기를.

9월

SEPTEMBER

9월 1일 ●

자신을 격려하는 가장 좋은 방법은 다른 사람을 격려하는 것이다.

마크 트웨인Mark Twain(미국의 소설가) ○

전염병이 유행하는 이 시기에 우리는 다른 사람에게 친절하게 행동함으로써 자신의 영혼을 달랬다. 평범했던 일상에서 너무 많은 것이 걷잡을 수 없게 무너졌지만, 누군가를 돕는 일은 쉽게 다가갈 수 있는 범위에 속한다.

청각장애를 앓고 있는 직원 매슈 시먼스는 마스크를 착용한 탓에 입 모양이 보이지 않아서 고객을 돕기가 매우 어려웠다고 말했다. 그는 "몇몇 고객은 마스크를 내리고 싶지 않아서 고개를 저으며 제 곁을 떠났죠"라고 당시 상황을 설명했다. "도움을 드릴 수 없어 속상했습니다."

매슈가 그런 어려움을 동료에게 이야기하자 여러 명이 함께 문제를 해결했다. 그들은 모두가 안전하게 의사소통을 할 수 있도록 매슈의 유니폼 앞에 "저는 입 모양을 읽어야 해요"를, 뒤에는 "도움이 필요하시면 어깨를 가볍게 두드려주세요"라고 적어 넣었다. 기지를 발휘해 상황을 멋지게 해결한 것이다!

9월 2일 ●

미래는 항상 지금 시작되고 있다.

마크 스트랜드 Mark Strand(**미국의 시인**) ○

미래가 방금 이 순간에 '확인됨'이라고 도장을 찍어줬다!

단결은 힘이다.
팀워크와 협업이 있는 곳에서 멋진 일들이 이뤄진다.

매티 스테파넥Mattie Stepanek(미국의 시인)   ○

코로나바이러스가 세상을 위기로 몰아넣는 동안, 전 세계 사람들
은 바이러스의 확산을 막기 위해 몇 주 동안 세상과 물리적으로
거리를 두어야 했다.

〈투데이〉에서 우리는 메릴랜드에 사는 한 엄마가 가족을 위해 떠
올린 기발한 아이디어로 이웃을 하나로 모은 감동적인 이야기를
소개했다.

학교에 다니던 어린 딸들이 집에 머물러야 했는데, 엄마는 매일
아침 아이들이 익숙한 일상을 보내길 바랐다. 엄마와 두 딸은 성
조기를 들고 골목을 나섰고, 어린 소녀들이 학교에서 했던 것처
럼 국기에 대한 맹세를 했다. 이를 알아차린 이웃들이 하나둘 동
참했다! 이 아침 맹세는 단 몇 분에 지나지 않았지만 이웃이 안
전하게 서로의 상태를 확인하고 하나로 뭉치는 유용한 수단이
됐다.

침묵은 금이다. 다만, 아이가 없다면.
만약 아이가 있다면…, 침묵은 그저 수상쩍을 뿐이다.

○

아가? 지금 뭐 하니?!

9월 5일　　　　　　　　　　　　　　　　　　　●

인생에서 최악의 시기를 보낼 때
우릴 아낀다고 말하는 사람들의 진정한 모습을 보게 된다.

　　　　　　　　　　　　　　　　　　　　　○

전염병의 세계적 유행을 조엘과 함께 겪으면서, 평생을 함께할 배우자를 제대로 골랐다는 생각이 더 강해졌다. 그는 강하고 침착한 데다가 논리적인 면모로 내게 많은 도움을 줬다. 그가 모든 것이 잘될 거라고 말하자, 나는 마음이 놓였다.

9월 6일

불안은 모든 것을 한 번에 해결해야 한다고 생각할 때 일어난다.
크게 심호흡을 하라. 당신은 강하다. 해낼 수 있다.
이런 생각을 매일같이 하라.

카렌 살만손 Karen Salmansohn**(미국의 작가)**

나는 속도를 늦추기가 힘들어 시작 지점부터 끝까지, 때로는 끝을 넘어서까지 질주하는 편이다. 아이들을 재우던 어느 날 밤, 딸 헤일리가 그런 내게 속도를 늦춰야 할 것 같다고 일깨워줬다.

"더 천천히 읽어요, 엄마."

호프는 이미 침대에서 잠든 상태였고 그 옆의 내가 서둘러 헤일리에게 책을 읽어주고 있었다. 나와 조엘은 잭 브라운 밴드의 콘서트에 갈 예정이었고, 그래서 내 머릿속에서는 시곗바늘 소리가 똑딱거리고 있었다.

"더 부드럽게 읽어주세요, 엄마. 호프가 자고 있으니까요."

헤일리가 속삭였다. 그 순간 딸은 내가 있어야 할 순간으로, 현재의 시간으로 내 마음을 이끌어줬다.

9월 7일 ●

종종 내가 들인 모든 노력에서 얻어지는 가장 위대한 것은
결과물이 아니라 그 과정에서 변화한 내 모습입니다.

스티브 마라볼리 Steve Maraboli**(미국의 작가)** ○

제나와 내가 앤디 코언의 심야 토크쇼에서 이야기를 하는데 한
청취자가 흥미로운 질문을 던졌다. 그녀는 대통령의 딸에 대한
가장 큰 오해가 무엇인지 알고 싶어 했다. 제나는 다른 사람이 대
통령 딸인 자신을 진정으로 어떻게 생각하는지 알기 어려웠다고
말했다.

"사람들이 제가 열심히 노력하지 않는다고 생각할지 몰라도 저는
그 편견에 맞서 싸우려고 애쓰고 있어요."

의심할 여지 없이 제나는 항상 열심히 일하는 사람이다. 집에서
아이 셋을 키우느라 바쁘게 지낼 뿐 아니라 〈투데이〉 방송 동료로
서도 헌신적인 모습을 보여주며 최선을 다하고 있다.

9월 8일

단순하게 살고, 아낌없이 사랑하고, 깊이 배려하고, 상냥하게 말하라.
그리고 나머지는 신에게 맡겨라.

로널드 레이건Ronald Reagan(미국의 정치인)

가장 친한 친구 카렌은 항상 사랑이 넘치고 믿음으로 뭉쳐 있다.
한 의사가 카렌에게 우울할 때마다 아늑한 둥지처럼 벌어진 커다
란 손을 상상하라고 권했다고 한다. 그리고 자신이 그 부드러운
손바닥으로 올라가는 이미지를 떠올린다. 마지막으로, 몸을 웅크
린 뒤 보호받는 자기 모습을 상상하면 된다.
그녀가 가르쳐준 이 아름다운 이미지는 아직도 내 마음속에 생생
하게 남아 있다.

9월 9일 ●

자극과 반응 사이에는 쉼표가 있다.
그 쉼표의 공간에서 우리는 힘을 얻어 어떻게 반응할지를 정한다.

리타 윌슨Rita Wilson(미국의 영화배우) ○

내가 맡은 '누군가의 명언' 코너에서 리타 윌슨에게 가슴에 와닿는 말을 하나 해달라고 요청하자 위와 같은 말을 해줬다. 왜 리타가 이런 말을 했는지 알 것 같다. 다행히 지금은 둘 다 회복했지만, 리타와 남편 톰 행크스는 코로나 양성 반응을 진단받은 첫 유명 인사였다. 리타는 힘든 시기라면 잠시 숨 돌리는 것도 중요하다고 말했다.

"폭발할 것 같은 기분이 들면 쉼표를 기억하세요. 쉼표가 있는 공간에서는 내가 어떻게 반응할지 선택할 수 있으니까요." 물론 말보다 실천이 어렵겠지만 분명 리타의 목소리에는 위로가 되는 메시지가 담겨 있었다. 그녀가 말을 이었다. "우리는 지구상의 인류로서, 그리고 개인으로서 회복력을 지니고 있으니까요. 이 상황을 충분히 헤쳐 나갈 수 있습니다. 다 괜찮아질 거예요."

음악은 영혼의 먼지를 씻어낸다.

베르톨트 아우어바흐Berthold Auerbach(독일의 시인) ○

모두가 코로나바이러스를 피해 숨어 지내던 시기에, 많은 사람이 매일 사회적 상호작용을 이어가기 위해 인터넷에 의존했다. 인터넷이 우리를 하나로 만든 방법 중 가장 마음에 든 것이 가상 콘서트였다. 내슈빌 스튜디오 소속 가수들이 부른 〈내 평생에 가는 길(It Is Well with My Soul)〉 영상을 아직 보지 못했다면 찾아보길 바란다. 정말 대단하니까!

이 공연을 특별하게 만든 것은 각자가 집에서 편한 옷을 입고 아늑한 분위기에서 축복받은 목소리를 모두와 나누는 모습이었다. 스크린을 채운 작은 사각형 하나하나는 모두 분리된 상태였지만 유대감을 상징하는 음악을 통해 결국은 연결되어 있었다. 우리 인간이 지닌 영혼의 창의성과 강인함 덕분에 음악은 이 힘든 시기에 우리 가정과 마음에 스며든다. 늘 그랬지만 음악에 고마울 뿐이다.

한 줄기의 햇살은 수많은 그림자를 쫓아냅니다.

아시시의 성 프란치스코 Saint Francis of Assisi**(이탈리아의 종교인)** ○

이 문장에서 나는 작은 친절이 만들어내는 놀라운 힘을 떠올렸다. 어느 날 아침 친구이자 운전기사인 에디가 매우 다정한 행동으로 나를 놀라게 했다. 전날 출근길에 내가 좋아하는 정크푸드에 관해 이야기를 늘어놓았는데, 다음 날 아침 차에 탔더니 에디가 준비한 컵케이크와 시나몬 번, 과자가 시트를 꽉 채우고 있었다.

에디의 밝은 영혼에는 다른 사람의 마음을 끌어당기는 무언가가 있다. 그래서 사람들은 그가 뿜는 밝은 빛을 더 바라보고 싶어 한다. 에디는 조엘과 내가 호프를 데리고 집으로 돌아갈 때도 운전을 했기에 우리 딸이 된 호프를 처음 만난 사람이기도 하다. 나는 호프의 첫 번째 생일에 영상통화를 할 사람 목록에 그가 포함되어 있는지 확인했다. 우리 가족이 걸어갈 삶의 다음 이정표에도 에디는 꼭 함께할 사람이다.

9월 12일

사랑은 한 세대가 다음 세대에 남기는 가장 큰 선물이다.

리처드 가넷Richard Garnett(영국의 학자 · 작가)

오늘은 조부모의 날이다. 지금 내 마음속에는 딸 호프와 헤일리를 옆에 앉힌 엄마가 소파에서 담요를 뒤집어쓴 채 어린이 TV 프로그램 〈세서미 스트리트〉의 열 번째 에피소드를 보고 있는 모습이 떠오른다. 그게 아마 우리 엄마가 조부모의 날을 즐겁게 보내는 최고의 방법일 것이다.

자, 오늘이라는 완전히
새로운 날이 찾아왔다.
일어나 다시 시작해야 할
완벽한 이유다.
절대 포기하지 마라.

리첼 E. 구드리치 Richelle E. Goodrich **(미국의 작가)**

○

백지상태, 정말 좋지 않은가?

일어나 다시 달리자, 슈퍼스타여!

9월 14일

아름다움은 얼굴에 있지 않다.
아름다움은 마음이 뿜어내는 빛이다.

칼릴 지브란 Kahlil Gibran**(레바논의 작가)**

이것이 내가 TV 프로그램 〈더 보이스(The Voice)〉를 보는 이유 중
하나다. 코치들은 눈으로 보는 것이 아니라 돌아앉아 귀로 듣는
다. 그들은 마음의 빛을 발견하기 위해 온전히 귀를 기울인다.

9월 15일 ●

내면에 숨겨진 힘을 찾을 기회는 삶에서 가장 힘든 시기에 찾아온다.

조지프 캠벨 Joseph Campbell**(미국의 비교신화학자)** ○

영화배우 티파니 해디시는 정말 빛나는 사람이다! 그녀가 암울한 유년 시절을 보냈으리라고 생각하는 사람은 아무도 없을 정도다. 티파니는 수년 동안 위탁 가정에서 자랐고 고등학교를 졸업한 뒤에는 자동차에서 궁핍한 생활을 이어갔다. 그런 환경에도 불구하고 타고난 유머 감각과 긍정적인 사고방식으로 과거가 자신을 정의하게 내버려 두지 않았다. '미친 듯 일하기'와 '일단 내뱉은 것은 다 실현하기'를 통해 티파니는 코미디언으로서 성공을 거두었고 여러 차례 상을 받은 여배우가 됐다.

감정은 영혼의 언어다.

○

세계적으로 유명한 강연가이자 작가인 브레네 브라운은 사람들의 마음을 이어지게 하고 위로하는 데 능숙하다.

"감정은 당신이 그 감정을 알아차리지 못할 때에 한해 당신을 무너뜨립니다. 그 감정을 이해하고 어떤 건지 이름을 붙일 수 있다면 그걸 딛고 앞으로 나아갈 수 있을 거예요."

브레네는 자신의 가족이 신체적, 정신적 에너지가 100%가 아닐 때 지켜야 할 규칙을 만들었다며 다음과 같은 내용을 소개했다.

- 거친 말 쓰지 않기
- 험악한 표정으로 하는 좋은 말은 없다는 걸 기억하기
- 미안하다고 말하기
- 고마운 마음으로 다른 사람의 사과 받아들이기
- 더 많은 말장난과 가벼운 농담 하기

오늘 당신이 100%가 되길 바라지만, 혹시 그렇지 않다면 당신을 부담스럽게 하는 무언가에 이름을 붙여보자.

9월 17일

의사소통의 가장 큰 적은 상대를 오해하는 것이다.

윌리엄 화이트William Whyte(미국의 사회학자)

정말 맞는 말이다! 우리는 상대에게 내 말의 요점을 이해시켰다고 생각하지만 상황은 바뀌지 않는다. 그럴 때면 내가 말을 잘못했는지 상대가 제대로 이해하지 못했는지 궁금해한다.

조엘과 나는 충분히 의미 있는 대화를 나누지 못할 때 가끔 재부팅을 해야 했다. 예를 들면 날씨나 아이들 얘기, 저녁 식사 메뉴로 무엇을 정할지에 관한 대화들만 이어질 때가 그렇다. 그럴 때는 아이들도 없고 휴대전화도 없는, 그리고 의미 없는 잡담조차 하지 않는 장소를 마련해야 한다(하지만 오후 8시 이후에는 안 된다. 그때쯤이면 내 체력이 소진되기 때문이다).

9월 18일

난 통제광은 아니지만, 어떻게 통제해야 할지 알려드릴게요.

○

당신 가족이 어떤지 모르겠지만 영상통화를 하다 보니 우리 가족은 통제광이라는 사실이 분명해졌다. 전염병 때문에 떨어져 보내야 했던 2020년 부활절, 엄마와 우리 삼 남매의 영상통화 화면은 네 칸으로 나뉘었다.

나 할라 언니, 말 좀 그만해. 엄마 이야기 좀 듣자!

엄마 이거 화면 어떻게 켜는 거니?

할라 나 엄마가 안 보여! 누가 엄마 좀 도와드려!

아델 ….

나 그냥 버튼 눌러요, 엄마!

불쌍한 조엘은 현대 기술의 발달로 밝혀진 우리 가족의 실체를, 그 광기를 맨 앞자리에서 지켜보는 사람이 됐다. 음, 일단 할라 언니와 내 실체가 밝혀진 것만은 확실하다.

가장 작은 친절은 가장 큰 의도보다 더 가치가 있다.

○

아주 작은, 수많은 친절한 행동이 코로나바이러스가 대유행하는 동안 우리를 달래줬다. 모두가 매 순간 감정 폭발을 자제하려 애쓰는 시기에 나는 많은 사람의 이야기를 듣거나 보며 울고 웃었다.

로버타는 학교 관리인이 셧다운 기간에 자신에게 남긴 메모를 소개했다.

'로버타, 내가 당신의 담쟁이덩굴 화분을 집으로 가져가요. 나중에 가지고 올게요. 다시 볼 날까지 몸조심하세요.'

또 텍사스의 2학년 교사 헤더는 한 학생이 집 앞에 꽃을 두고 가며 남긴 메모를 소개했다.

'선생님, 보고 싶어요. 과학 시간도 그리워요. 꽃 예쁘게 키우세요. - 사랑을 담아, 에머슨'

소중한 마음, 그리고 유쾌한 사람들이다. 매일 이런 순간들이 이어진다.

좋은 삶이란
행복한 기억의 집합이다.

데니스 웨이틀리Denis Waitley (미국의 연설가·작가)

○

오늘이야말로 행복한 기억 만들기에 딱 좋은 날이다!

9월 21일　●

크게 숨을 들이쉬자.
그냥 안 좋은 날일 뿐 나쁜 인생은 아니다.

○

안 좋은 날은 마치 삶이 최악인 것처럼 느껴지게 한다. 하지만 푹 자고 일어나 감사할 일 세 가지를 적어보면 상황을 균형감 있게 바라볼 수 있다. 당신에게 좋은 하루가 찾아오길 바란다!

9월 22일 ●

지금 걷고 있는 길이 마음에 들지 않는다면
새로운 길을 만들어내라!

돌리 파튼 Dolly Parton(미국의 가수 · 작곡가) ○

일흔세 살의 돌리 파튼은 어느 방송 인터뷰에서 은퇴할 계획이냐는 질문을 받았다. 이에 그녀는 은퇴할 생각이 전혀 없을 뿐 아니라 일흔다섯 살이 되면 〈플레이보이〉 잡지의 표지 모델이 되고 싶다고 말했다. 화끈하지 않은가!

우리 쇼에서 그녀를 인터뷰했을 때 제나는 돌리에게 전염병의 대유행으로 모두가 고립된 이 시기에 특히 도움이 될 만한 결혼 생활의 팁을 물었다.

"집에 둘이 갇혀 있는 거라면 서로 떨어져 있는 편이 좋을 거예요"라고 돌리가 농담을 했다. "나는 아예 집을 떠나 있었어요. 같이 있다가 하마터면 그의 본성을 알아차릴 뻔했다니까요. 잘하면 다음 결혼기념일을 맞이하지 못할 뻔했어요."

그녀는 자신의 결혼 생활에서 웃음이 늘 떠나지 않았다고 했다. 지금이야말로 웃음이 필요한 시기다.

미소는 마음을 열고 연민을 갖게 하는 출발점이다.

제14대 달라이 라마 Dalai Lama**(티베트의 승려)** ○

거리에서, 지하철에서, 마트에서 사람들과 마주칠 때마다 가만히 미소를 지어보자. 미소야말로 돈 안 들이고 할 수 있는 효율 높은 자선 행위다.

9월 24일

엄청난 아이디어가 하나 있다.

"그저 음식을 만들 뿐이야!"라고 소리치면 꺼지는 화재경보기는 어떨까.

○

부엌에서 연어 타는 냄새가 날 때 요긴할 것 같다(나에게 자주 닥치는 상황이긴 하지만).

9월 25일 ●

전에는 기도가 상황을 변화시킨다고 믿었지만,
지금은 기도로 달라지는 건 우리이고
그런 우리가 상황을 바꾸어간다는 걸 압니다.

테레사 수녀Saint Teresa of Calcutta(종교인)　　　　　　　　　　　　○

'기도의 힘'이란 우리가 더 나은 사람이 될 수 있게 하는 힘을 뜻
할 것이다.

9월 26일

●

자동 수정 기능을 만든 사람, 누가 뒤통수 한 대 때려줬으면 좋겠다.

○

다음은 자동 수정 기능이 잘못 쓰인 몇 가지 실제 예다.

남자 자기야, 빨리 보고 싶어.

여자 오늘 금요일이네. 나 오늘 밤에 임신할 거야!

남자 그런 건 나랑 먼저 얘기해야지.

여자 아니, 이런! 프링글스(pringles)라고 썼는데 임신(pregnant)으로 자동 수정됐어.

남자 심장마비 올 뻔했다고!

남자1 데이트 어땠어?

남자2 잘 모르겠어. 첫 데이트였는데 저녁 먹고 바래다주다가 죽이고(killed) 왔어.

남자1 뭐?

남자2 키스했다고(kissed), 젠장.

당신 뒤에는 모든 기억이 있다.
당신 앞에는 모든 꿈이 있다.
당신 주변에는 당신을 사랑하는
모든 사람이 있다.
당신 안에는 당신에게 필요한
모든 것이 있다.

○

이 말들이 맛있는 케이크처럼 쌓이고 쌓이면,

우리는 해내지 못할 것이 없는 천하무적이 될 것이다.

이 중에서 '모든 기억'만이라도 영원히 남아줬으면 좋겠다.

9월 28일 ●

결국, 사랑하는 가족이라면 모든 것을 용서해야 한다.

마크 V. 올슨 Mark V. Olson**(미국의 TV 프로듀서)**   ○

어떤 사람에게는 '미안해'라는 말을 하기가 쉽지 않다. 친구나 가족과 사이가 틀어졌을 때 그들과 다시 만날 어색한 순간을 걱정하는 건 누구에게나 정말 불쾌한 일이다.

캐서린 슈워제네거 프랫은 《용서의 선물(The Gift of Forgiveness)》이라는 유용한 책을 썼다. 그녀는 원한을 풀고 평화를 찾은 사람 스물두 명을 찾아 인터뷰했다고 설명했는데, 이 주제에 관한 아이디어를 떠올린 계기가 바로 그녀 자신의 용서와의 싸움이었다고 한다.

"이 책을 쓰기로 마음먹었을 때는 제가 이미 용서를 했다고 생각했어요. 하지만 인터뷰하는 과정에서 깨달았어요. 제 현실로 돌아가면 더 많이 행동하고 실천해야 한다는 걸요."

그녀의 말에 따르면 용서의 보상은 어깨에 짊어진 무게에서 해방되는 것이라고 한다. 오랫동안 가슴속에 담아온 응어리가 있다면, 더 미루지 말고 용서를 실천해보자.

9월 29일

●

인내하며 강하게 살아가라.
언젠가는 이 고통이 당신에게 유용할 것이다.

오비디우스Ovidius (로마의 시인)

○

영화배우 골디 혼과 그녀의 딸 케이트 허드슨은 둘도 없는 단짝으로 유명하다. 그들은 모녀 사이도 가장 친한 친구 관계가 될 수 있음을 보여준다. 둘이 함께 있는 모습이 보기 좋다. 그들이 내뿜는 에너지 레벨이 하늘까지 치솟는 데다, 대화도 어디까지 이어질지 예상할 수 없기 때문이다.

잡지 〈피플(People)〉에서 골디가 딸의 이름을 출산 직전에 바꿨다는 기사를 보고 놀랐지만, 그 직설적인 이유에 관해서는 놀라지 않았다.

"발길질이 너무 세차길래 그 자리에서 이름을 바꿔버렸어요"라고 골디가 말했다. 과연 골디답다! "아이가 터프하더라고요. 아이 이름을 레베카로 지었다가 405번 도로에 들어서서 마음을 바꿨죠. '애 이름을 케이트로 해야겠어'라고 말이죠."

9월 30일 ●

모두 이어져 있다.
당신의 재능과 환경, 목적과 결함, 그리고 떠나야 할 여정과
운명까지도 모두 당신을 만들어내고 있다.
받아들여라.

○

내 생각에는 이 문장이 전하는 메시지가 '편안하게 마음먹어라'인 것 같다. 그렇다고 해도 자신과 마주한 주변 상황을 다시 추측하는 것이 인간의 본성이라고 생각한다. 나는 좋은 부모일까? 나와 그 사람의 관계는 굳건할까? 이 일을 하면서 내가 먹고살 수 있을까? 도대체 나는 무엇을 어떻게 해야 할까?

자기 분석을 멈추고 인생 여정이 제대로 펼쳐지고 있다는 믿음으로 매일을 살기는 어렵다. 게다가 가끔 찾아오는 힘든 날들은 받아들이기가 좀처럼 쉽지 않다. 그렇지 않은가?

삶에 대한 의구심을 완전히 뿌리칠 수는 없지만, 조금은 강도를 낮춰도 될 것 같다. 오늘, 그냥 우리에게 주어진 삶을 받아들이려 노력해보자. 지금까지 살아온 이 삶은 우리의 최고 관심사를 기억하며 꽤 좋은 발자취를 남겨놓은 길이기도 하다. 앞으로 시간이 더 흘러도 이것만은 변하지 않는다.

10월

OCTOBER

10월 1일

자신의 잣대로 남을 판단하지 마라.
누구든 자신이 가장 잘 아는 방식으로 집에 돌아간다.

레온 브라운Leon Brown(영국의 운동선수)

방송인 크레이그 멜빈의 어머니가 1960년대 사우스캐롤라이나에서 자란 아프리카계 미국인으로서의 경험을 들려줬다. 학교 가는 길에는 버스에 탄 다른 아이들이 자신에게 침을 뱉었고, 흑인들은 백인들과 화장실을 따로 썼을 뿐 아니라, 그녀가 살던 지역에는 흑인을 배척하는 백인들의 비밀 단체 KKK가 활동 중이었다고 한다. 현재 예순다섯 살인 그녀는 자식들에게 동등한 기회가 주어지지 않으리란 걸 알고 있다고 했다.

"우리 아이들에게 이 세상은 백인 아이들이 겪는 세상과 조금 다릅니다. 우리 애들은 좀더 치열하게 경쟁해야 하죠. 그래서 어릴 때부터 '지금보다 더 잘했으면 좋겠어'라고 가르칩니다. 더 세게 밀어붙이는 편이 좋아요."

10월 2일 ●

항상 당신의 직감을 믿어라.
직감은 머리가 미처 알지 못한 답을 알고 있다.

○

직감을 확인하자!

부서진 크레용에도
여전히 색이 있다.

○

비록 삶이 우리 마음을 조금 망가뜨렸대도,
우리는 모두 세상을 밝게 비추는 법을 알고 있다.

10월 4일 ●

아이들에겐 우리가 언제 긴장을 풀지 눈치채는 능력이 있는 것 같다.

○

너무나도 절묘한 타이밍에 덤벼드는 걸 보면 말이다.

10월 5일

물리적인 잡동사니를 버리면 정신이 맑아지고
정신적인 잡동사니를 버리면 영혼이 맑아집니다.

게일 블랭크 Gail Blanke(미국의 기업가 · 작가)

나는 차라리 정신적인 혼란과 씨름하는 편이 더 쉽게 느껴진다.
진짜 잡동사니는 어떡하냐고? 그렇게 많이 어수선하지는 않다.
부엌 조리대와 찬장과 다용도실을 약간 치우면 된다. 아, 내친김
에 거실과 욕실도….

우리 삶에는 선택(Choice), 기회(Chance), 변화(Change)라는
세 가지 C가 존재한다.
'기회'를 잡기 위해 '선택'하지 않으면 인생은 절대 '변화'하지 않는다.

○

또 하나의 C가 있다면 그건 바로 창조(Creat) 아닐까!

10월 7일 ●

묻지 않으면 대답은 항상 '아니요'일 것이다.

노라 로버츠 Nora Roberts**(미국의 소설가)**   ○

헤일리는 다른 아이들에게 손을 잡아도 되는지 묻는 걸 좋아한다. 딸이 노는 모습을 보러 동네 놀이방에 몇 번 간 적이 있다. "손 잡아도 돼?" 헤일리가 작은 손을 마치 제물이라도 바치는 양 공손히 내밀었다. 가끔 상대 아이가 싫다는 의사를 비치면 딸이 나를 돌아본다. "괜찮아, 또 다른 친구한테 물어보렴." 내가 아이에게 말해준다. 헤일리는 다른 아이에게 다가가 다시 한번 시도한다. 놀이 세션 하나가 끝날 때쯤이면 딸은 어김없이 누군가의 손을 잡고 있다.

이 모습이 내게 준 교훈은 바로, 계속해서 물어보라는 것이다! 필요하거나 원하는 것이 있으면 묻자. 거절당한다면 다시 물으면 된다. 성인인 우리는 '아니요'라는 답변을 거절로만 읽어내는 경향이 있다. 하지만 헤일리는 그걸 다시 시도할 기회로 받아들이고 결국 다른 아이의 손을 잡는 데 성공한다.

10월 8일

자신을 사랑하는 것은 자만하는 것이 아니라 지극히 정상적인 모습이다.

카트리나 메이어 Katrina Mayer**(영국의 작가)**

자존감이 강할 때, 증오의 말은 그저 허튼소리로 들린다.

10월 9일 ●

용기는 다른 무엇보다도 전사가 지녀야 할 첫 번째 자질이죠.

카를 폰 클라우제비츠 Carl von Clausewitz**(프로이센의 군인)** ○

직장 동료이자 특파원인 크리스틴 달그런은 마흔일곱 번째 생일 때 자신이 유방암 2기에 접어들었다는 걸 알게 됐다. 그녀는 각종 항암치료와 탈모 등 많은 것을 견뎌내야 했는데, 그 와중에 성 주드 아동 연구 병원과 그곳에서의 의학적 발전에 관한 취재가 맡겨졌다. 그녀는 암 투병 중인 아이들과 용감하게 인터뷰를 진행했다.

나중에 크리스틴의 취재 영상이 방송될 때 내가 말했다. "저 이야기를 취재했다니 믿기 어려워요…. 저 모든 과정을 당신도 겪고 있잖아요."

태연한 표정으로 그녀가 말했다. "내게 일어난 일이 저 아이들에게도 일어나고 있다는 게 믿기 어려웠을 뿐이에요."

2020년 4월 29일. 크리스틴의 트위터에 올라온 놀라운 소식에 나는 기쁨을 감출 수 없었다. #암완치!

10월 10일 ●

다른 사람에게 베푸는 친절은 나를 변화시킬 뿐 아니라
세상도 변화시킵니다.

해럴드 쿠슈너 Harold Kushner**(미국의 랍비)**   ○

많은 사람이 코로나로 인한 격리 기간에 서로에 대한 사랑을 멀리서 보여줄 창의적인 방법을 찾아냈다. 오스트레일리아에 사는 한 소년이 집 우편함에서 할머니가 보낸 특별한 선물을 발견하는 모습을 담은 유명 영상이 있다.

엄마   뭐라고 쓰여 있니?

레미   열어볼게요.

엄마   '레미에게, 사랑을 담아 할머니가' 라고 쓰여 있네.

(레미가 조그맣고 하얀 종이가방을 열기 위해 삭은 손가락을 부지런히 움직인다.)

레미   도넛? 도넛이야?

(천진난만하게 웃으며 레미가 초콜릿으로 덮인 도넛을 꺼낸다. 그리고 한 입 크게 베어 물기 전에 살짝 춤을 춘다.)

레미   도넛이다아아아아!

10월 11일

울고 용서하라. 그리고 배우고 넘어가라.
당신의 눈물로 앞으로 싹틀 행복의 씨앗에 물을 주어라.

스티브 마라볼리 Steve Maraboli(미국의 작가)

직장 동료 딜런의 남편 브라이언 피체라가 코로나바이러스에 감염됐다는 소식을 듣고 정말 걱정스러웠다. 딜런은 몇 달 전 올리를 출산했고 첫아이 칼뱅은 겨우 세 살이었다. 확진되자마자 브라이언은 칼뱅의 방에 격리됐다.

브라이언은 인스타그램을 통해 자기 생각을 공유하면서 이 경험을 무섭지만 흥미롭고 진지하게 받아들이고 있다고 전했다.

"두통은 나를 쇠약하게 했다. 타이레놀을 아무리 먹어도 끔찍한 두통과 들끓는 체온을 어떻게 할 수가 없었다. 게다가 이 병은 내 감정 상태도 건드렸다. 나는 울었다. 그것도 아주 많이. 칵테일 빨대로 스노클링이라도 하는 듯 답답한 기분을 주체할 수 없었다."

다행히 브라이언은 완치됐고 그의 가족 또한 아무 일 없이 지나갔다. 기쁨의 눈물은 이제 그들이 싹 틔울 행복의 씨앗에 물을 줄 것이다.

10월 12일

●

음악은 영혼의 폭발이다.

프레더릭 델리어스 Frederick Delius**(영국의 작곡가)**

○

나는 두 딸에게 음악에 관한 나의 열정을 전하려고 노력한다. 헤일리의 나이에는 보통 정말 단순한 노래나 〈아기 상어〉를 반복해 듣는다는 점은 예외로 치자. 나는 헤일리를 위해 파렐의 〈행복해(Happy)〉나 바비 맥페린의 〈걱정하지 마, 행복해질 거야(Don't worry, Be Happy)〉와 같은 곡이 포함된 플레이 리스트를 만들었다. 또 옛 추억을 떠올리게 하는 〈햇살 좋은 날이야(It's a Sunshine Day)〉도 내가 좋아하는 노래다. 이 노래를 들으면 헤일리는 "이제 나가서 산책을 해야 할 것 같아"라며 흥얼거린다.

앞으로도 음악이 우리 아이들의 삶을 밝혀줄지 지켜봐야겠다. 당분간은 '재생' 버튼을 계속 누를 생각이다.

꿈이 없는 가슴은
깃털 없는 새와 같다.

수지 카셈 Suzy Kassem(**미국의 영화감독·작가**)

○

오늘 뭔가 당신을 설레게 하는 것이 있는가?

10월 14일

●

기적은 역경 속에서 자라난다.

장 드 라브뤼예르Jean de La Bruyere(프랑스의 법조인 · 철학자)

○

출산한 지 12일 만에 처음으로 아들을 요람에 태우는 아기 엄마의 모습을 보면, 누구라도 목이 멜 것이다.

뉴욕 베이 쇼어에 있는 한 병원의 의사들은 코로나바이러스와 사투를 벌이던 야나라 소리아노를 의학적으로 인위적인 혼수상태에 빠뜨려야 했다. 야나라는 11일 동안 인공호흡기의 도움을 받아 숨을 쉬었고, 마침내 아기를 품에 안을 수 있었다.

박사는 또한 자신이 돌보던 아이 엄마 세 명이 병원에서 무사히 퇴원하는 모습을 보고 안도의 한숨을 내쉬었다고 전했다. 마지막에 슈워츠 박사는 "정말 엄청나게 감동적인 순간이었습니다"라며, "우리는 이런 모습을 보고 싶었습니다. 뭐든 축하할 일이 필요했거든요"라고 덧붙였다.

10월 15일

슬픔은 사랑의 대가입니다.

콜린 머리 파크스 Colin Murray Parkes**(영국의 정신과 의사)**

〈투데이〉가 여성의 유산을 다루는 코너를 시작했을 때 우리 목표는 아기를 잃은 여성들의 생생하고도 가슴 아픈 증언을 시청자들에게 전달하는 거였다. 사연 중에는 안타까움을 이야기하는 사람도 있었고 외로움을 털어놓는 사람도 있었다.

딜런도 그중 한 명이었다. 딜런은 세상이 무너지는 듯한 슬픔이었다며 이렇게 말했다. "나한테 일어나는 일인데도 할 수 있는 게 아무것도 없었어요."

우리 모두 아이를 잃은 친구나 가족이 있다면 그들에게 무슨 말을 해야 하고 하지 말아야 할지 잘 생각해봐야 한다. 지금 이 순간에도 많은 임신부가, 아니 어쩌면 대부분의 임신부가 두려움과 힘겨움에 고통스러워하고 있다. 임신한 여성 네 명 중 한 명꼴로 유산한다는 통계가 있다. 많은 여성과 남성, 그리고 가족 모두에게 위로와 격려의 목소리가 필요하다.

10월 16일 ●

가끔은 더 높이 솟구치기 위해 더 낮게 움츠려야 한다.

○

이게 바로 개구리에게서 배울 점이다.

10월 17일 ●

아치는 두 개의 약점으로 이루어져 있는데,
그 약점은 상대에게 기대면 장점이 된다.

○

이 문장을 읽고 무지개를 떠올렸는가? 나는 그랬다. 서로에게 기
대는 것은 무지개처럼 아름다운 일이다.

10월 18일 ●

넘어진다. 다친다. 그리고 실패한다.
그다음에는? 일어난다. 회복한다. 그리고 나아간다.
그렇다. 우리는 넘어져도 일어나 상처를 치유하고
마침내 다시 앞으로 나아갈 것이다.

○

오늘 아침 내가 올린 글은 확산되는 코로나바이러스에 맞선 우리 인간의 힘을 기리는 것이다.

사람들은 격리된 상태에서도 최선을 다해 서로를 보살폈고, 혼자라는 느낌에서 생기는 고립감과 두려움을 억누르기 위해 음악의 힘을 빌리기도 했다. "기사님, 감사합니다", "음식 잘 먹을게요", "위급 상황에서 제 아내를 구해주셔서 정말 고맙습니다", "조 아저씨, 생일 축하해요" 등과 같이 손글씨로 쓴 팻말은 진심 가득한 메시지를 안전하게 서로의 마음에 전달해줬다.

우리는 일어난다. 또 회복한다. 그리고 결국은 나아갈 것이다.

당신은 뭐든 할 수 있지만 그렇다고 모든 걸 할 수는 없다.

○

나는 '할 수는 없다'라는 부분이 이 문장의 핵심이라고 생각한다.
열심히 하되, 힘에 부치거든 내려놓아도 좋다는 뜻으로 받아들
인다.

호흡은 모든 것의 배후에
존재하는 힘이다.
숨을 들이마시면
좋은 일이 생길 것 같은
생각이 든다.

타오 포촌-린치 Tao Porchon-Lynch **(인도의 요가 강사)**

○

자, 그럼 다 같이 해보자! 숨을 크게 들이쉬고….

흐으읍. 천천히 내쉬고…. 휴우우. 그리고 반복하자.

(좋은 일이 생기려 한다!)

미래를 예측하는 가장 좋은 방법은 미래를 창조하는 것이다.

피터 드러커 Peter Drucker**(미국의 경영학자)** ○

두 손을 운전대에 올리자! 잘 주행해서 인생의 로드맵을 그려가
보자.

강력한 화합의 빛은 온 세상을 밝힌다.

바하올라Baha'u'llah(이란의 종교인)   ○

제임스 코든이 영상 하나를 보여줬다. 자신의 아버지 맬컴이 집
진입로에서 색소폰과 클라리넷을 연주하고 사회적으로 서로 떨
어져 있던 이웃들이 모여 선율에 맞춰 천천히 몸을 흔드는 영상
이다. 영상 속 코든 부부는 너무나도 사랑스러웠다. 심지어 제임
스의 어머니 마거릿은 신청곡도 받았다! 맬컴은 처음에 마을 목
사가 〈어메이징 그레이스〉를 연주해보는 게 어떠냐는 제안을 해
단독 콘서트를 열었다고 설명했다.

이 작은 콘서트는 영국인들이 코로나 전선에서 싸우고 있는 의료
종사자들을 격려하는 취지에서 '그들을 위해 박수를 보내요(Clap
for Our Carers)' 캠페인을 펼치는 목요일 저녁마다 공연을 할 정도
로 큰 인기를 끌었다.

10월 23일 ●

우리의 가장 큰 약점은 포기다.
가장 확실하게 성공하는 방법은 언제든 한 번 더 해보는 거다.

토머스 에디슨 Thomas Edison**(미국의 발명가)** ○

오늘 한 번 더 해볼 수 있는 게 있는가? 나는 옷장 정리를 한 번 더 해볼 생각이다.

10월 24일 ●

지금 이 말이 누구에게 필요할지 모르겠지만,
힘든 시간을 보내는 사람이 있다면…, 앞머리는 자르지 마세요.

○

코로나 사태로 이발소와 미용실이 문을 닫으면서 인터넷에는 엉망이 된 머리 사진들이 올라왔다.

조엘이 내게 머리를 깎아달라고 했는데, 나는 전기이발기를 사용해본 적이 없어서 두렵기만 했다. 그와 디지털 디톡스를 실천하고 있던 터라 유튜브에서 사용법을 다룬 영상을 시청할 수도 없었다. 이발이 시작되자 조엘은 계속 더 짧게 밀어달라고 부탁했지만 나는 떨면서 단호하게 말했다. "난 못 해!"

다행히 조엘은 이발에 만족했고 나 역시 피를 보지 않고 끝낸 것에 기뻐했다.

여보, 당신 머리를 누가 자르든 당신은 항상 멋쟁이라는 게 오늘 증명된 거야!

10월 25일

나는 게으른 게 아니라 에너지 절약 모드일 뿐이다.

○

그렇다! 기름을 아껴야 긴 여정을 헤쳐 나갈 에너지를 비축할 수 있다. 오늘은 충전하는 날이다.

10월 26일 ●

우리의 만남에는 이유가 있다.
당신은 내게 축복 아니면 교훈일 것이다.

○

이것이 바로 우리가 과거와 현재에 맺은 관계를 모두 긍정적으로
바라보는 방법이다. 축복을 받아들이고 교훈을 배워나가자.

도움을 요청한다고 해서 약하거나 무능한 게 아니다.
오히려 솔직함과 높은 지능을 나타낸다.

앤 윌슨 쉐프 Anne Wilson Schaef(미국의 임상심리학자 · 작가) ○

코로나바이러스의 대유행으로 2020년 예정이던 하계 올림픽이 연기됐을 때, 선수들에게 이 연기가 어떤 의미인지와 관련해 스포츠 슈퍼스타 마이클 펠프스와 이야기를 나누었다.

"힘들죠." 그가 말했다. "우리는 경기가 열리는 시점에 맞춰 몸 상태를 만들거든요. 그런데 지금 상황에서는 대기밖에 할 수 없으니까요."

마이클은 올림픽 연기를 기량을 조금 더 향상시킬 기회로 삼자며 선수들을 격려했다. 최근 몇 년간 자신이 우울증과 싸우고 있다고 세상에 밝힌 이 수영계의 전설은, 그렇기에 불안에 사로잡힌 선수들의 정신 건강을 관리하는 것이 얼마나 중요한지 누구보다 잘 알고 있었다.

"도움이 필요하다면 드러내놓고 도와달라고 하세요. 저 역시 도움을 청하는 일이 정말 어려웠지만 그게 결과적으로는 제 삶을 바꾸는 계기가 됐습니다."

10월 28일 ●

믿음은 보이지 않지만 느껴진다.
믿음은 아무것도 없다고 생각될 때의 힘이며
모든 것을 잃은 것처럼 보일 때의 희망이다.

캐서린 펄시퍼 Catherine Pulsifer**(미국의 작가)** ○

간호조무사 브리지트 로빈슨은 바이러스 퇴치를 위해 인공호흡기를 착용하는 등 의학적 치료가 필요한 상황이었다. 브리지트의 딸 실비아는 그런 엄마가 살아남으려 애쓰고 있는 그 병원에서 간호사로 재직 중이었다.

"정말 무섭고 가슴 아팠습니다." 실비아가 말했다. "엄만 제 가장 친한 친구이기도 했거든요."

〈투데이〉에서 내가 둘을 인터뷰했을 때 브리지트는 깨어나면서 들은 전화기 너머 손자의 목소리를 회상했다. "그때 제 머릿속에는 온통 손자 생각뿐이었죠. 그때 손자가 '할머니, 나에겐 할머니가 필요해요. 사랑해요, 할머니'라고 말하는 것 같더군요. 그리고 생각했어요. 우리 아기한테 돌아가야 한다고."

10월 29일 ●

우리 가족은요, 약간 미쳤고 조금 시끄럽지만 사랑이 가득 넘쳐요.

○

나는 이 문장이 코로나 시대에 대부분의 가정에 해당할 거라 확신한다.

용기는 두렵지만 1분 더 버티는 것이다.

조지 S. 패튼 George S. Patton**(미국의 군인)** ○

〈투데이〉에서 백혈병 환자들이 거치는 마지막 화학요법 치료를 마친 소녀 메이블을 위한 깜짝 퍼레이드 영상을 내보냈다.

메이블의 부모는 자신들의 '대견한 딸 메이블'을 위해 거창하고 떠들썩한 파티를 준비했지만, 전염병이 유행하며 사회적 거리두기의 필요성이 제기되자 취소했다. 하지만 그녀를 응원하는 친구들과 가족들이 모여 번쩍거리는 소방차와 수십 대의 장식된 자동차로 구성된 멋진 퍼레이드를 준비했고, 차에 탄 사람들은 창문을 통해 팻말을 흔들었다. 차 뒷유리 한쪽에는 '이제 치료 끝!'이라는 문구가 적혀 있었다.

이제 막 세 살이 된 용감한 소녀와 이 모든 것에 감사하는 마음뿐인 그녀의 부모는 축하 파티 내내 만면에 미소를 띠고 있었다.

10월 31일　　　　　　　　　　　　　　　　　　　●

먹고, 마시고, 두려워하라.

○

우리 가족은 〈세서미 스트리트〉를 테마로 삼아 핼러윈을 만끽했다. 각자가 입은 티셔츠는 자신이 가장 좋아하는 캐릭터를 나타낸다.

엄마　　쿠키 몬스터
호프　　쿠키
헤일리　애비
조엘　　빅 버드
나　　　엘모
할라　　두바이에 사는 그로버

화려한 색으로 치장한 우리는 노래를 부르며 무리 지어 걸었다. 헤일리도 마음에 들어 했고 호프에게는 작은 가게에 들르거나 이웃집 현관에서 사탕을 모으는, 뉴욕에서 경험한 첫 번째 핼러윈이었던 셈이다. 벌써부터 내년 핼러윈이 얼마나 재미있을지 기대된다.

11월

NOVEMBER

11월 1일 ●

입을 옷이 없다. 옷걸이도 다 떨어졌다.

○

집이든 회사든 옷장이란 옷장은 죄다 꽉 차 있다. 나도 알고 조엘도 알고 내 직장 동료들도 아는 사실이다. 시청자들 역시 우리 프로그램의 한 코너 덕에 옷으로 넘쳐나는 내 옷장의 존재를 알고 있다.

전염병이 유행하는 동안 우리는 '대본 없이'라는, 몇 분간의 대화로 이뤄지는 코너를 위해 제나는 집에서, 나는 옷방에서 방송을 진행했다. 이 코너는 주제에 구애받지 않고 아무거나 이야기하는 형식으로 채워졌다. 부끄럽지만 내 옷방은 정리가 되지 않은 채로 엉망진창이었다. 옷들이 되는대로 아무렇게나 걸려 있고 옷장에서 비죽 튀어나와 있었다. 솔직히 나는 이런 사태를 알아차리지 못했다. 그런데 한 시청자가 몇 주 동안 '대본 없이'를 보다가 도저히 가만있을 수 없었던 모양이다. '옷장 문 좀 닫아요!'라고 줄기차게 트윗을 보냈다. 웃기밖에 더 하겠는가.

죄송합니다. 시청자님.

11월 2일 ●

좋은 소식을 전하기에 나쁜 타이밍은 없다.

스티븐 킹 Stephen King**(미국의 작가)**   ○

심각한 수준의 코로나 위기 속에서 배우 존 크러진스키는 'SGN', 즉 '좋은 소식 몇 가지(Some Good News)'라는 뜻의 온라인 네트워크를 시작했다. 그는 딸들이 직접 쓴 SGN 팻말을 들고 자택 사무실에서 방송을 했다.

어느 날 존은 열다섯 살의 암 환자 코코가 마지막 화학요법 치료를 마치고 집으로 가는 차 안에서 촬영한, 보기만 해도 마음이 따스해지는 영상을 생방송으로 내보냈다. 그는 코코에게 자신을 환영하며 손을 흔드는 사람들을 보니 기분이 어땠냐고 물었다.

"정말 놀랐어요." 그녀가 말했다. "모퉁이를 돌자 친구들이 보였어요. 그리고 조금 있다가 또 친구들이 보이는 거예요. 그러다가 우리 가족의 모습이 보였어요. 최고였어요!"

성격 나쁘게 살기엔 인생이 너무 짧다.

○

이 문장은 분명 아네트 멀러가 사는 방식에 해당하는 것 같다.
〈투데이〉에서 여든두 살의 아네트와 딸 켈리의 이야기를 다뤘다.
켈리는 코로나 사태로 격리된 엄마를 정기적으로 찾아가 보살폈
다. 어느 날 켈리는 한 손에 빈 병을 들고 다른 손에 '와인이 더 필
요해'라고 쓴 팻말을 든 채 창가에서 웃고 있는 엄마의 모습을 목
격했다. 아네트는 암으로 남편과 딸이 세상을 떠나고 3년간 아들
의 투병을 지켜보는 등 힘든 일이 많았지만 항상 즐겁게 살려는
태도를 잃지 않았다. 켈리와 형제들은 번갈아 가며 매일 엄마의
상태를 확인했고, 창문을 통해서나마 엄마와 수다를 떨었다.
켈리는 "엄마는 우리한테 세상 전부예요"라며, "궁금해하는 분이
계실지 몰라 말씀드려요. 제가 와인을 사 왔어요!"라고 말했다.

11월 4일

엎질러진 우유 잔, 양말과 축구공으로 가득한
길고 좁은 복도에서 삶이 발견된다.

조애나 게인스 Joanna Gaines **(미국의 인테리어 디자이너)**

조애나 게인스 옆에 있으면 기분이 좋아진다. 그녀와 대화하면
맛있는 핫초코를 마시는 듯 행복해지고 함께하는 공간은 어느덧
아늑하게 바뀐다.

조애나는 최근 요리책 《목련 식탁 제2편(Magnolia Table, Volume
2)》을 출간했다. 〈투데이〉에서 그녀는 아들의 이름을 따서 지은
'크루의 쿠키' 레시피를 포함해 자신이 좋아하는, 그리운 옛 맛이
담긴 음식의 레시피를 공유해줬다. 요리책에서 그녀는 "아들 크
루는 책에 담긴 최종 레시피 시식을 위해 나를 따라다녔어요. 쿠
키 레시피들의 인기에는 크루의 지분도 상당할걸요"라고 밝히기
도 했다.

자기 자신에게, 아니면 아늑함을 필요로 하는 사람에게 조애나가
쓴 멋진 요리책 한 권을 선물하는 것도 좋겠다.

11월 5일 ●

내가 사랑이 무엇인지 알게 된다면 그건 당신 덕분입니다.

헤르만 헤세Hermann Hesse(**독일의 소설가**)　　　　　　　　　　　　ㅇ

말하자면 사연이 길지만 나는 목사이기도 하다. 목사 자격이 유용하게 쓰이리라고 생각해본 적은 없는데, 뜻밖의 일이 벌어졌다. 코로나바이러스 탓에 수많은 커플이 예식을 취소해야 했던 와중에 한 커플의 결혼식을 주관하게 된 것이다. 나는 그저 영광으로 느껴졌다. 존 시저는 약혼녀 멜라니 멜빌을 놀래주기 위해 비밀리에 온라인 결혼식을 계획했다.

존은 건배를 하는 척하며 줌을 이용한 가짜 영상통화 이벤트를 시작했다. 결혼식을 주관할 목사의 얼굴이 불쑥 화면에 나타나자 멜라니는 혼란에 빠졌다. 하지만 곧 무슨 일이 벌어졌는지 알아차렸고, 완전히 식에 몰입했다! 간단한 서약 끝에 나는 둘을 남편과 아내로 선언했다.

영혼이 지쳤다면 잠은 도움이 되지 않는다.

그래도 내가 원할 때 잠이 푹 들었으면 좋겠다. 잘 자고 일어나면 영혼을 보살필 힘도 생기지 않을까?

간호사가 된다는 것은 다른 사람을 위해 봉사할 손길과
사랑할 마음을 내주는 것이다.

○

코로나바이러스로 온 세계가 떠들썩한 이 시기에 내슈빌 밴더빌
트대학교 메디컬센터의 간호사 팀이 병원 옥상에 모였다. 그중
한 명인 앤절라 글리브스는 동료들과 헬기장에 모인 사진을 페이
스북에 올리며 다음과 같은 글을 덧붙였다.

"우리는 병원 직원들뿐 아니라 함께 일하고 있는 간호사 동료 모
두를 위해 기도했습니다."

앤절라는 전 세계의 환자와 그들의 가족, 또 같은 위치에서 싸우
고 있는 수많은 의료진 동료를 위한 기도도 빠뜨리지 않았다고
덧붙였다. 많은 병원이 가족들의 면회조차 허락하지 않던 때, 이
토록 불안한 환경에서도 우리가 사랑하는 사람들을 성심껏 보살
펴주는 이타적이고 다정한 간호사와 의사, 그 밖의 의료 종사자
들에게 감사드린다.

11월 8일 ●

늘 다음 순간을 향해 달려간다면,
지금 있는 이 순간은 어떻게 되는 걸까?

○

지금 이 순간을 나를 위해 보내자!

11월 9일 ●

가슴은 찢어질지언정 실연은 계속될 것이다.

바이런 경Lord Byron(영국의 시인)   ○

나는 플로리다의 포트 마이어스에서 자라 일을 했기 때문에, 〈투데이〉에서 내보낸 한 영상 클립이 다른 때보다 조금 더 특별하게 느껴졌다.

포트 마이어스의 경찰관들이 12대가 넘는 순찰차를 리 메모리얼 병원 앞에 거대한 하트 모양으로 배치했다. 그들은 주차장에 세워진 자신의 차량 옆에 섰고, 그중 몇몇은 손으로 하트 모양을 만들기도 했다. 순찰차들의 조명으로 번쩍거리는 하트 중앙에는 '감사합니다. 포트 마이어스 경찰관 일동'이라는 메시지가 쓰여 있었다. 많은 병원 직원에게 시민들이 그들을 얼마나 사랑하고 감사하게 생각하는지 전하려고 교대 근무 중이던 경찰관들이 일부러 시간을 내어 이런 이벤트를 벌인 것이다.

11월 10일

하느님과 함께라면 모든 것이 가능하다.

마태복음 19:26

돌리 파튼의 노래를 듣거나 이야기를 들으면 그녀가 한 줄기 햇살처럼 느껴진다. 돌리는 내가 〈투데이〉를 위해 좋아하는 문장을 알려달라고 부탁한 날, 때마침 눈부신 햇살이 연상되는 노란색 셔츠를 입고 있었다. 그녀는 위의 성경 구절을 고르면서 이 문장이 자신의 삶을, 그리고 전 세계적으로 전염병이 유행하던 기간에 자신을 옳은 길로 안내하고 위로해줬다고 설명했다.

"두려움은 당연한 거지만 그 두려움이 우리를 지배하게 내버려 두지 마세요. 당신은 그 일을 잘 헤쳐 나가야 하며, 굳건하게 맞설 수 있게 해달라고 신에게 기도해야 합니다."

자신을 찾는 가장 좋은 방법은 남을 위해 자신을 헌신하는 것이다.

마하트마 간디Mahatma Gandhi(인도의 정치인)
○

텍사스에서 한 엄마와 아들이 깜짝 재회하는 놀라운 영상을 봤는가? 그 아름다운 순간을 놓치지 말기 바란다!

에리카 베닝은 경찰 취임식에서 남편이 배지를 달아주길 기다리고 있었다. 그런데 그 자리에 미 육군 하사인 아들 조반니가 나타났다. 무려 2년 동안이나 에리카는 아들을 만나지 못했다고 했다! 너무나 놀라서 한동안 멍한 표정이던 그녀는 이윽고 고개를 푹 숙이더니 무너져 내렸다. 조반니는 엄마를 두 팔로 감싸 안았고 남편이 그 둘을 힘껏 껴안았다.

"저는 네 살 때부터 경찰이 되고 싶었어요." 에리카가 말했다. "그리고 오늘 우리 아들이 제 배지를 달아줬네요. 이보다 더 큰 감동이 있을까요."

한 사람의 엄마로서 베닝 가족의 봉사와 희생에 크나큰 감사를 표한다.

오늘은 사랑하는 누군가를 꼬옥 안아주는 게 어떨까.

그냥 서서 바라보기만 한다고
바다를 건널 순 없다.

라빈드라나트 타고르 Rabindranath Tagore**(인도의 시인)**

○

흠. 오늘이 드디어 당신이 출항하는 날인가?

11월 13일 ●

기회가 문을 두드리지 않는다면 문을 만들어버려라.

밀턴 버얼 Milton Berle**(미국의 배우)** ○

무언가를 바라거나 그저 기다리는 대신 스스로 나아갈 기회를 만들어보자. 나는 '문'이 준비된 우리의 모습이라고 생각한다. 기회를 잡는 것도 중요하지만, 기회가 왔을 때 놓치지 않을 수 있는 준비는 더 중요하다.

우리가 살아가며 맺는 인연이 있다면, 어쩌면 그것이 곧 천국일지 모른다.

프레드 로저스 Fred Rogers**(미국의 방송인)** ○

방송인 프레드 로저스의 이야기를 기반으로 한 영화 〈뷰티풀 데이 인 더 네이버후드〉에서 프레드는 〈로저스 씨의 이웃〉(미국 교육 방송 PBS에서 30년간 방영된 취학 전 아동 대상의 프로그램—옮긴이) 프로그램을 녹화하면서 저지른 실수를 편집하지 않는다. 프레드는 모든 사람이 실수한다는 점을 아이들이 알길 바랐다고 그 이유를 설명했다.

좋은 생각이다! 프레드는 미국 TV 프로그램을 결산하는 에미 시상식에서 평생 공로상을 받으며 "우리 모두에게는 우리 존재 자체를 사랑해준 특별한 사람이 있습니다"라고 소감을 밝혔다.

10초만 시간을 내서 지금의 당신이 있을 수 있게 도와준 사람들을 생각해보지 않겠는가? 10초의 생각, 쉽지만 의미 있는 아이디어다. 지금 당장 떠올려보자.

11월 15일

●

슬픔에 질식하게 자신을 내버려 둔다면
그대로 슬픔에 빠져 죽을 것이다.

솔로몬 노섭 Solomon Northup**(영화 〈노예 12년〉의 등장인물)**

○

오늘은 제자리걸음을 하고 있는 누군가에게 다가가 가만히 어깨
를 토닥여주자.

조금 더 노력해보세요. 마음이 개운해질 거예요.

○

"조금 더 노력해봅시다."

NBC 직장 동료 재니스 매키프레이어가 코로나바이러스 사태에 관해 보도한 직후 한 말이다. 그녀는 특파원으로서 5주 동안 중국 우한과 일본, 영국을 돌아다니며 전염병을 취재한 뒤 14일 동안 자체적으로 격리 조치를 취했다. 49일 동안이나 남편과 어린 아들을 만날 수 없었던 그녀는 마침내 격리 기간이 지나 가족의 품으로 돌아갔다!

재니스가 아이를 향해 곧장 걸어가자 아이가 펄쩍 뛰었다. 재니스의 남편은 아내와 아들의 재회를 영상으로 남겼다. 정말 감격스러운 장면이었다. 두 사람은 마스크를 쓴 채 서로를 부둥켜안고 기다렸던 재회의 시간을 마음껏 즐겼다.

11월 17일 ●

누군가에게 온전한 나 자신을 보이고
어떤 식으로든 사랑받는 건 기적에 가까운 인간의 복이다.

엘리자베스 길버트 Elizabeth Gilbert**(미국의 기자 · 소설가)** ○

2019년 11월, 조엘과 나는 멕시코의 휴양지로 휴가를 떠났다. 일상에서 벗어나 해변에서 놀거나 테킬라가 든 잔으로 건배를 하고 마사지를 받는 등 평소와 다름없이 휴가를 즐겼다.

우리는 조엘이 미리 호텔 측에 부탁해 준비한 모래사장의 테이블로 향했다. 맛있게 식사를 한 뒤 조엘은 종종 그랬던 것처럼 나에게 다정한 말을 해주기 시작했다. 그러더니 불쑥 한쪽 무릎을 꿇고 청혼했다. 우리는 둘 다 눈물을 흘렸다. 반지 디자인도 마음에 들었고 그가 준비한 모든 것이 정말 감격스러웠다. 그날 저녁은 완벽했다! 조엘과 더 가까워지리라고 생각한 적은 없었지만…. 얼마 후 나는 그의 신부가 됐다.

11월 18일 ●

어떤 변화든, 심지어 더 나은 방향으로의 변화도
늘 단점과 불편함이 뒤따른다.

아널드 베넷 Arnold Bennett**(영국의 소설가)** ○

이는 꼭 기억해야 하는 진실이다. 실수처럼 느껴지는 것을 두고
"내가 왜 이랬을까?"라고 묻는다면 변화는 이렇게 말할 것이다.
"이 일을 끝냈을 때 자부심을 느낄 게 분명하므로 내가 당신을 열
심히 일하게 만드는 거예요."

11월 19일 ●

아침에 일어나면 살아 있다는 것이,
숨 쉬고 생각하고 즐기고 사랑한다는 것이
얼마나 소중한 특권인지 생각해보라.

마르쿠스 아우렐리우스 Marcus Aurelius(로마의 황제 · 철학자)   ○

2018년 한국에서 열린 평창 동계올림픽 때 많은 사람이 그랬듯
나도 미국 피겨스케이팅 선수 애덤 리펀에게 반하고 말았다. 애
덤은 단체전에서 동메달을 땄다. 스물여덟 살에 올림픽에 데뷔한
그는 다른 사람에게 영감을 줄 뿐 아니라 특유의 긍정적인 에너
지로 좋은 영향력을 발휘했다.

애덤이 모습을 드러내자 스튜디오에는 즐거움과 기쁨의 수류탄
이 사방에서 터지는 듯했다. 경쟁에서 지든 이기든 전혀 개의치
않던 그의 얼굴에는 항상 미소가 떠올라 있다.

나   올림픽에서 애덤 리펀보다 더 좋은 시간을 보낸 사람이 있
       을까요?

애덤 (활짝 웃으며) 아마 실제로 우승한 사람이 그렇지 않을까요?

11월 20일

당신의 위치에서 당신이 가진 것으로,
당신이 할 수 있는 것을 하라.

시어도어 루스벨트Theodore Roosevelt(미국의 전 대통령)

코로나바이러스 위기를 맞아 거리두기와 격리 조치로 움직임이
제한됐을 때 많은 사람이 고립을 이겨낼 아이디어를 보여줬다.
그중에서도 토치아 가족의 아이디어가 특히 인상 깊었다.

그들은 차고를 나이트클럽으로 개조해 잭 토치아의 스물한 번째
생일을 축하할 장소를 마련했다. 차고 앞에는 '21세 이상만 출입
가능'이라고 쓰인 표지판이 준비되어 있었다. 잭의 아빠가 손전등
을 비추어 신분증을 확인하는 역이었다. 클럽 안에는 신나는 음
악이 울려 퍼졌고 잭의 엄마는 바텐더 역할을 맡았다. "클럽 '격
리'에 오신 것을 환영합니다! 오늘 밤 무슨 일로 오셨나요?" 잭이
"제 스물한 번째 생일이에요!"라고 대답하자 술잔들이 준비됐다.
이 특별한 생일 파티는 가족사진 촬영으로 마무리됐다.

잭의 특별한 생일을 축하하기 위해 많은 공을 들인 가족의 따스
함이 느껴진다. 토치아 가족을 비롯하여 전염병이 자신의 이정표
를 훔쳐 가는 걸 거부하는 전 세계의 모든 사람을 위해 건배.

11월 21일 ●

슬픔은 두 정원 사이의 벽일 뿐이다.

○

떠올려보면 정말 아름다운 이미지다. 아름다움은 고통의 양쪽에
서 우리를 기다린다.

어린아이에게 조부모가 해주는 일은 오직 그들만이 할 수 있는 일이다.
조부모들은 아이들의 삶에 뿌려지는 별무리 같은 존재들이다.

알렉스 헤일리Alex Haley(미국의 소설가)

모두가 코로나바이러스 사태를 견뎌내고 있을 때, 할머니의 안전을 생각해 진행된 특별한 생일 축하 드라이브 영상들이 보는 이들의 가슴을 적셨다.

한 영상에서는 곧 벌어질 깜짝 이벤트를 모르고 도로에서 대기 중인 한 할머니 운전자의 모습을 보여줬다. 신호가 바뀌고 모퉁이를 돌자 할머니의 눈앞에 딸과 손주들을 가득 태운 차 한 대가 튀어나왔다. 그들은 차 안에서 생일 축하 메시지를 쓴 팻말을 들고 생일 축하 노래를 부르며 풍선을 흔들었다. 할머니는 놀람과 기쁨에 어쩔 줄을 몰라 했다.

이 영상을 보고 다들 얼마나 눈물을 흘렸을지. 사실 난 펑펑 울다시피 했다.

감사는 당신을 더 고차원의 주파수로 안내할 것이며,
그런 당신은 더 좋은 것들을 끌어들일 것이다.

론다 번 Rhonda Byrne**(오스트레일리아의 작가)** ○

유명한 성 상담사 루스 웨스트하이머 박사는 〈투데이〉에 출연해 자기 삶에 관해 이야기했다.

활기가 넘치는 아흔한 살의 이 여성은 홀로코스트(제2차 세계대전 중에 일어난 독일의 유대인 대학살—옮긴이) 때 부모를 잃었지만 죽기 전에 엄마가 자신을 스위스 보육원으로 보낸 덕분에 살아남았다고 이야기했다. 그 뒤 루스는 예루살렘에서 불법 무장단체 조직의 저격수로서 훈련을 받았고 이스라엘 독립전쟁에 참전해 중상을 입기도 했다.

"그동안의 삶에 비춰볼 때 지금까지 살아남은 게 어디냐 싶어요." 루스가 말했다. "저는 화려하게 살면서 세상을 놀라게 할 의무가 있습니다."

11월 24일 ●

걱정일랑 잊고 춤이나 춰라.

밥 말리 Bob Marley**(자메이카의 가수)** ○

안타깝게도 전염병 유행 때문에 고등학교 졸업 파티를 포함해 모든 중요 행사가 취소됐다. 이런 와중에 〈투데이〉에서 한 고등학교 반 학생들에게 가상 졸업 파티를 열어줌으로써 평생 기억에 남을 놀라움을 안겨줬다.

파티 당일에 알은 아이들이 신나게 춤추도록 분위기를 만들고 부모들이 뽑은 졸업 파티의 킹과 퀸도 발표했다. 한 아이가 우상이라고 말한 슈퍼스타 가수 데미 로바토가 깜짝 출연해 졸업 파티만을 위한 공연을 펼치기도 했다. 졸업생과 가족들은 작년엔 가혹한 홍수를, 올해는 코로나라는 전염병을 맞이해야 했다. 아이들은 두 재난 상황에서도 자신의 몫을 다했다.

가상 졸업 파티가 끝나자 알은 특유의 함박웃음을 지으며 말했다. "여러분, 졸업을 진심으로 축하합니다!"

11월 25일 ●

사랑이 머물고 우정이 손님이 되어 찾는 집이라면
그곳이 어디든 모두 진정한 집이다.
마음이 쉬어가는 곳, 즐거운 집, 나의 집.

헨리 반 다이크Henry van Dyke(미국의 작가 · 교육자)   ○

가수 이디나 멘젤의 노래 〈이 식탁에서(At This Table)〉의 아름다
운 멜로디와 가사를 음미하며 문득 마리아 슈라이버를 떠올렸다.
그래서 노래를 다운받아 마리아에게 전송했다.

방송이 끝나고 나는 마리아와 함께 분장실에서 그 노래를 들었
다. 이제 와 말하지만 그때의 기억을 지금도 잊을 수 없다. 평소
눈물을 잘 보이지 않던 마리아가 '모두가 소중해', 그리고 '네 모
습 그대로'라는 가사가 나오자 눈시울을 붉혔다. 그날따라 마리아
는 말수가 적었는데, 다음 날 나를 살짝 끌어당기더니 전날 내가
노래를 보내줘서 많이 감동했다고 말해줬다. 그냥 '전송'을 누르
는 것만으로도 누군가가 눈물을 글썽일 만큼 감동하게 할 수 있
다니, 이 얼마나 놀라운 일인가.

11월 26일 ●

우리가 가진 것이 우리를 정의한다.

미치 앨봄 Mitch Albom**(미국의 작가)** ○

미치 앨봄이 쓴 책은 다 좋아하지만 그중에서도《치카를 찾아서》
를 가장 좋아한다. 책에서 미치는 뇌종양에 걸린 다섯 살 난 입양
딸 치카를 보살피기 위해 2년간 아내 재닌과 함께 고군분투한 이
야기를 들려준다.

치카의 병세가 나빠지자 미치는 딸을 소파나 침대에 이르기까지
필요하다면 집안 모든 곳에서 업고 다니기 시작했다. 어느 날 부
엌 식탁에서 색칠 놀이를 하다가 미치가 치카에게 그만 일어나야
한다고 말했다. 치카는 그에게 계속 앉아서 색칠을 하자고 했지
만 미치는 일을 해야 한다며 거절했다. 그래도 딸은 아빠와 같이
놀고 싶다고 고집을 피웠다. "하지만 아빠도 해야 할 일이 있어."
미치가 말했다. 치카는 그의 말에 동의하지 않았고 이렇게 말했
다. "아빠가 해야 할 일은 저를 업고 다니는 거잖아요."

책에서 미치는 치카가 한 말이 자신에게 깊은 인상을 남겼으며,
치카가 가르쳐준 가장 큰 교훈이 '우리가 누구인지 정의하는 것'
이라고 말했다.

11월 27일

빛을 퍼뜨리는 두 가지 방법이 있다.
촛불이 되거나 그것을 비추는 거울이 되는 것이다.

이디스 훠턴 Edith Wharton**(미국의 소설가)**

요즘 시대로 따지자면…, 영감을 주는 트윗을 하거나 그것을 리
트윗하는 것에 해당할 것 같다.

매일 아침 우리는
두 가지 선택을 할 수 있다.
계속 자면서 꿈을 꾸든가
아니면 일어나 꿈을 좇든가.

○

커피나 좀 마시고 추격을 시작하자!

11월 29일

●

결국에는 모든 것이 잘될 것이다.
그렇지 않더라도 그게 끝이 아니다.

존 레넌 John Lennon**(영국의 가수)**

○

어느 날 저녁 제인에게 아버지가 아무래도 오늘 밤을 못 넘길 것 같다는 걱정 어린 어머니의 전화가 걸려왔다. 30분 동안 차를 운전해 아버지의 집으로 향하던 그녀는 어떤 말을 해야 아버지 마음을 편안하게 할지 고민하며 머리를 쥐어짰다. 항상 제인을 보호하고 위로해준 아버지를 이제는 제인이 편하게 해줄 차례였다. 하지만 집에 도착해 복도를 따라 침실로 향하는 순간에도 여전히 그녀의 머릿속에는 적절한 말이 떠오르지 않았다.

항상 다정했지만 지금은 약간 겁에 질린 듯한 아버지의 곁에 도착한 순간, 제인은 그의 손을 잡고 이렇게 말했다.

"아빠, 저는 아빠의 이야기가 이렇게 끝나진 않을 것 같아요."

둘은 도란도란 이야기를 나누었다. 그리고 다음 날 아침, 아버지는 제인이 건 전화를 씩씩하게 받았다.

11월 30일 ●

모든 아이는 각기 다른 꽃이고,
그 꽃들이 한데 모여 이 세상을 아름다운 정원으로 만든다.

○

아름답다. 아이들의 작은 얼굴은 빛을 향해 있고 태양 아래 형형
색색의 빛깔로 온 세상을 밝게 비춘다.

12월

DECEMBER

운동(exercise)?

'감자튀김 추가(extra fries)'라고 한 줄 알았다.

○

두꺼운 감자튀김, 돌돌 말린 감자튀김, 트러플 감자튀김 등 감자튀김이라면 다 좋다. 만약 '감자튀김 추가'를 해야 한다면 하인즈 케첩이 잔뜩 발린 돌돌 말린 감자튀김을 선택할 것이다.

당신의 삶에 불을 질러라.
그리고 그 불꽃을 부채질하는
사람들을 찾아라.

루미Rumi (아프가니스탄의 시인)

○

우리를 지지하지 않는 사람을 삶에 허락한다면

화상을 입을지 모른다.

그럴 때는 그 열기를 식혀줄 사람을 찾아라.

12월 3일 ●

그리워하는 마음은 누군가에 대한 사랑을 상기시키는 하나의 방식이다.

○

코로나바이러스로 인한 전염병은 전 세계 사람들의 믿음을 시험했다. 교회에 다 같이 모이지 못하는 상황은 사람들의 불안을 가중시켰다. 이런 가운데 텍사스 헌츠빌 연합감리교회에서 자기 양들을 잃어버린 한 목사의 창의적인 시도가 눈길을 끌었다.

인터넷에 올라온 사진에 목사와 교회 사람들이 한 일이 담겨 있었다. 그들은 각 신도의 사진을 모두 인쇄해 예배당 좌석에 붙였다! 이로써 라이브 스트리밍 설교임에도 교회 신도들 모두가 교회에서 '함께할 수' 있었다. 기발하고 진심이 가득한 이 해결책에 아멘.

12월 4일 ●

재능이 잘 발휘되지 못해도 걱정하지 마라.
노력이 재능을 이기니까.

팀 나케 Tim Notke(고등학교 야구 코치) ○

나는 일찍부터 너무 많은 걸 겪은 덕에 일할 때의 거절에 익숙해진 것 같다. TV 방송국에서 처음 일을 시작하기 위해 무려 스물일곱 번이나 면접을 봐야 했다!

당신이 지거나 거절당하는 상황에 익숙하다면, 언젠가 원하는 목표를 이룰 것이다. 힘든 순간을 성공을 위한 과정에서 으레 겪는 부분으로 느끼기 때문이다.

고비를 넘긴 사람들은 절대 그만둘 생각을 하지 않기에 성공한다. 애초부터 그들에게 끝이라는 선택지는 없다. 반면 항상 최고였던 누군가에게 비난과 비판의 목소리는 전혀 생각하지 못한 것이라 거슬릴 수밖에 없다. 그래서 종종 포기로 이어진다. 여기, 도중에 포기하려는 사람들을 위한 메시지가 있다.

'지금 힘들어도 그만두지 마라. 당신을 위한 자리가 이제 곧 나타날 테니.'

12월 5일 ●

다른 사람의 부담을 덜어주는 사람이 세상에 쓸모없을 리 없다.

찰스 디킨스 Charles Dickens(**영국의 소설가**)

○

영국의 시인 톰 로버츠는 코로나19 사태 동안 자신의 시를 그림으로 옮기고 자기 전 아들에게 이야기를 읽어주는 아빠 역할을 하는 영상을 업로드했다. 영상이 주는 희망의 메시지에 감동한 우리는 스물여섯 살의 런던 출신 시인을 쇼에 초청했다.

"우리는 부정적인 것에 너무 많은 시간을 소모하고 있습니다. 당연합니다. 두려울 만한 상황이고 많은 사람이 고통받고 있으니까요." 톰이 말했다. "그렇지만 아주 작아도 한 줄기 희망을 간직하거나 긍정적인 태도를 잃지 않는다면 믿기 어려울 만큼 빨리 회복할 힘이 모두에게 있습니다."

12월 6일 ●

지금 있는 곳이 마음에 들지 않으면 움직이세요.
당신은 나무가 아니니까요.

○

가끔은 지금 선 곳에 고통과 두려움이 깊이 뿌리내린 것 같아 도저히 움직일 수 없을 것처럼 생각될 때도 있다. 하지만 우리는 나무가 아니다. 그저 한 걸음을 내딛는 것부터 시작해보자. 그러면 자연스레 그다음 걸음을 내딛게 될 것이다.

12월 7일 ●

할 수 있다고 믿으면 반은 온 것이다.

시어도어 루스벨트 Theodore Roosevelt**(미국의 전 대통령)** ○

계획을 잘 세우면 이미 반은 성공한 셈이다.

12월 8일 ●

실수는 당신이 노력하고 있다는 증거다.

○

어설프게 하고 있다고? 그건 적어도 당신이 무언가 하고 있다는 뜻이다!

12월 9일　　　　　　　　　　　　　　　　　　　　　●

꽃은 벌을 꿈꾸지 않는다.
그저 꽃은 피어나고 벌이 찾아올 뿐이다.

마크 네포 Mark Nepo**(미국의 시인)**　　　　　　　　　　　　　　○

주어진 일을 하자. 그러면 애써 노력하지 않아도 의도했던 결과
를 손에 쥐게 된다.

12월 10일 ●

너무 열정적이라면 소박한 기쁨을 못 느낄지도 모른다.

에밀리 레이Emily Ley(미국의 작가) ○

이 말이 맞는다면 NBC의 백악관 특파원 크리스틴 웰커가 매우 기뻐할 것 같다. 그녀는 '너무 열정적이었던' 적이 없으니까! 원래 차분한 성격의 크리스틴은 자신의 침착함을 어느 날 백악관 잔디밭에서 여지없이 증명했다.

유독 바람이 많이 불던 어느 날 오후, 그녀가 뉴스 전문 케이블 방송 MSNBC에서 보도를 하던 중이었다. 안드레아 미첼과 이야기를 나누던 중 강한 돌풍이 불어닥쳤다. 그 순간 그녀의 오른쪽에 있던 커다란 조명 스탠드가 쓰러지는가 싶더니, 잠시 후엔 왼쪽에 있던 또 다른 조명 스탠드가 스크린을 가로질러 쓰러지면서 쿵 하고 큰 소리를 냈다.

"여기 바람이 좀 부는군요, 안드레아."

그 당황스러운 상황에서 크리스틴이 한 말은 이게 전부였다. 그러고는 조금의 실수도 없이 보도를 계속 이어갔다. 우리는 모두 크리스틴이 보여주는 평정심에 반해버렸다.

성공에 이르는 첫 번째 비밀은 자신을 믿는 거예요.

스티브 구디어 Steve Goodier**(미국의 작가)** ○

그렇군. 나도 성공을 향해 한 걸음을 떼어볼까?

12월 12일

많이 사랑하고 많이 행동하는 사람은 반드시 큰일을 해내며,
사랑과 함께하는 일이라면 그게 뭐든 잘될 것이다.

빈센트 반 고흐 Vincent van Gogh**(네덜란드의 화가)**

영화배우이자 감독인 타일러 페리의 관대한 행동이 두 남부 도시
의 쇼핑객들을 놀라게 했다.

애틀랜타에 있는 마흔네 개의 슈퍼마켓 체인 크로거 지점과 뉴올
리언스에 있는 스물아홉 개의 슈퍼마켓 체인 윈 딕시에서 타일러
가 무작위로 친절을 베풀었고, 가게를 찾은 사람들은 크게 기뻐
했다. 계산대에서 깜짝 놀란 표정을 짓고 있는 노인들의 사진을
보다가 가슴이 뭉클해졌다. 몇몇은 자신의 영수증을 내보였고 그
중에는 눈물을 글썽이는 사람도 있었다. 타일러는 자신이 가난
하게 자랐기 때문에 두려움과 상처받기 쉬운 마음이 어떤 것인지
안다고 말했다. 도움이 필요한 곳에는 그가 달려갔다.

타일러, '사랑과 함께하는 일이라면 그게 뭐든 잘될 것이다'라는
말을 현실로 보여주셨네요.

절망이 오직 다른 사람에게서 오듯,
희망 역시 오직 다른 사람만이 줄 수 있다.

엘리 비젤 Elie Wiesel**(루마니아의 작가)**   ○

뉴욕 주지사 앤드루 쿠오모가 피해를 보지 않은 다른 지역의 의
료진에게 지친 뉴욕 병원의 직원들을 도와달라며 긴급하게 요청
했다. 그러자 전국에서 수만 명의 자원봉사자가 감염되거나 심지
어 목숨을 잃을지 모르는 위험을 무릅쓰고 기꺼이 응답했다.
사랑과 응원의 마음이 황폐해진 우리 도시를 향해 힘찬 날갯짓과
함께 날아올랐다. 어디든 밝은 빛이 솟아올랐다. 의대생들은 당
장 눈앞의 전쟁에 참전하려 조기 졸업을 선택했고, 이미 은퇴한
의사들은 생명을 구하기 위해 다시 흰 가운을 입었다.
그토록 무섭고 고통스러운 시간 동안 우리는 서로를 구하기 위해
나섰다. 모두에게 감사의 마음을 전한다.

크리스마스트리 밑에 뭐가 있는지가 중요한 게 아니라
그 주변에 누가 있는지가 중요하다.

찰리 브라운 Charlie Brown(애니메이션 〈찰리 브라운의 크리스마스〉의 등장인물)　○

우리 가족은 크리스마스 때마다 똑같은 '깜짝 이벤트'를 치른다. 먼저 조엘과 내가 엄마한테 할라 언니가 두바이에 있다고 말한다. 그리고 매년 크리스마스 당일이 되면 누군가가 문을 두드리고 나타난다.

나　　누구일 것 같아?
할라　엄마, 깜짝 놀랐지!
우리 엄마 아이구, 깜짝이야! 이게 얼마 만이니!

할라 언니는 이런 깜짝 방문이 꼭 처음인 양 깔깔거리며 즐거워한다. 엄마도 만만치 않다. 크리스마스가 열 번 지나는 동안 할라 언니를 처음 본 것처럼 팔을 번쩍 들며 꽤 능숙하게 이벤트에 참여한다. 매년 이 이벤트를 하는데 정말 좋다.

12월 15일　●

성인이 커피를 쏟는 것은 아이가 풍선을 잃어버리는 것과 같다.

○

그렇다. 완벽한 비율로 탄 커피를 쏟았을 땐 거의 울고 싶어진다.

12월 16일

베풀어서 가난해진 사람은 없다.

안네 프랑크Anne Frank(《안네의 일기》 저자)

크리스마스에는 일과 파티, 가족 행사, 쇼핑, 여행 등이 뒤섞여 특별한 피로감에 휩싸이게 된다. 그래서 서배너가 교회에서 들었다는 설교 내용이 마음에 깊이 남은 것 같다. 그녀가 다니는 교회 목사가 산더미처럼 쌓인 할 일과 방탕함으로 가득 찬 한 달을 의미 있게 보낼 방법을 소개했다고 한다. 그가 제시한, 우리가 지켜야 할 2주간의 계획은 이렇다.

첫째 주는 소비를 줄이는 기간이다. 지나치게 많은 음식이나 물건, 새로운 가십거리처럼 과도하게 받아들이는 게 있다면 그게 뭐든 줄여야 한다.

둘째 주는 다른 사람에게 베푸는 기간이다. 전에 없던 방법으로 자주 베풀자.

엄청나게 획기적인 제안은 아니지만 꽤 명료한 방법임에는 분명하다. 사실 꼭 이때만이 아니라 1년 내내 실행해볼 만한 계획 아닌가?

성공은 영원하지 않고
실패는 치명적이지 않다.

마이크 디카 Mike Ditka **(미국의 영화배우)**

○

자존감은 높이고 두려움은 줄여주는 문장이다.
정말 마음에 든다.

작은 발이 우리 마음에 가장 큰 발자국을 남긴다.

○

제나는 할아버지 조지 H. W. 부시가 세상을 떠난 뒤 자기 딸이 했던 감동적인 말을 방송에서 소개했다. 2018년 11월 30일, 제나 가족에게 부고가 전해졌다. 남편 헨리는 제나가 이 슬픈 상황에 잘 대응할 수 있게 자신이 아이를 데려가겠다고 제안했다. 제나가 울먹이며 말했다.

"크리스마스가 얼마 안 남았는데 이런 일이 일어나다니 도저히 안 믿겨."

그러자 당시 다섯 살이던 딸이 이렇게 말했다.

"크리스마스가 얼마 안 남았잖아. 할아버진 할머니랑 같이 트리를 꾸미러 하늘나라에 간 거야."

많이 힘들었을 제나에게 작은 딸아이의 말이 얼마나 큰 위로가 됐을지 짐작이 간다.

아래로 손을 뻗어 다른 사람을 일으켜 세우는 것보다
심장에 더 좋은 운동은 없다.

존 홈스 John Holmes**(미국의 골퍼)**

○

크리스마스 연휴 동안 뉴욕 메모리얼 슬론 케터링 암센터에서 한 무리의 대단한 사람들이 아이들을 위해 복도를 장식하고 있었다. 그들은 센터의 시설관리팀 직원으로, 어린 환자들을 놀라게 하려고 밤새도록 작업했다. 날이 밝을 때쯤 반짝거리는 조명, 크리스마스가 찾아온 듯한 작은 모형 마을 장식, 눈이 돌아갈 만큼 화려한 기차들로 꾸며진 멋진 '크리스마스 복도'가 완성됐다. 목수들과 전기공, 배관공, 화가들 덕분에 음침한 분위기의 지하 복도는 호화로운 축제의 현장으로 탈바꿈했다.

팀원들은 개인적으로 시간을 내고 사비를 투자해 매년 이런 마법 같은 통로를 만든다. 깜짝 이벤트에 즐거워하는 아이들의 모습은 내게도 영원히 잊지 못할 멋진 선물이다.

12월 20일 ●

마음이 보물을 의식하는 그 순간에만 우리는 살아 있다고 할 수 있다.

손턴 와일더 Thornton Wilder**(미국의 극작가 · 소설가)** ○

이 얼마나 감사를 기리는 아름다운 방법인지.

삶에는 네 단계가 있다.

1단계: 나는 산타클로스를 믿는다.

2단계: 나는 산타클로스를 믿지 않는다.

3단계: 나는 산타클로스다.

4단계: 나는 산타클로스처럼 보인다.

○

나는 3단계다!

감사는 마음의 기억이다.

장 바티스트 매슈 Jean-Baptisete Massieu(프랑스의 종교인)

17년 동안이나 산타클로스 분장을 하고 지역 병원을 방문한 그레그 펠프스의 이야기다.

크리스마스가 얼마 안 남은 시점에 그레그의 아들 카일은 출산 예정일보다 3개월가량이나 일찍 태어났다. 그 결과 98일간 중환자실 신세를 져야 했다.

"그때 한 남자가 산타클로스 복장을 하고 와서 모든 아이와 사진을 찍었어요. 단 몇 분간이었지만 우리에게 잠시나마 희망과 기쁨을 느끼게 해줬죠."

카일이 집에 돌아오고 집중 치료 시설을 찾던 산타가 은퇴한 지 몇 년 뒤, 그레그가 그 자리를 대신하게 됐다. 그러면서 그레그는 산타의 방문이 고통 속에 있는 가족들에게 어떤 의미인지 실감했다.

이제 스물한 살이 된 카일은 매년 아빠와 함께 병원을 찾아 입원 환자와 가족들에게 자신이 써 내려간 희망의 이야기를 들려준다. 펠프스 가족은 계속해서 자신들이 받은 감동을 전해나갈 것이다.

낙관주의는 행복의 자석이다.
긍정적으로 생각하면 좋은 일과 좋은 사람이 찾아올 것이다.

메리 루 레턴 Mary Lou Retton(미국의 체조 선수) ○

예일대학교 심리학 교수인 로리 산투스는 온라인으로 행복에 관한 수업을 담당하고 있을 뿐 아니라 '행복연구소(The Happiness Lab)'라는 제목으로 팟캐스트를 진행하고 있다. 그녀는 매일의 행복 지수를 높이기 위해서는 천천히 심호흡을 하고, 사람들에게 친절을 베풀고, 감사를 전하고, 충분한 휴식을 취하고, 운동을 하는 것이 중요하다고 말했다.
비슷한 맥락에서 나와 동료들도 우리에게 행복을 안기는 것들이 무엇인지 이야기를 나눠봤다.

서배너   요가
크레이그 뻔한 농담
알   가족
나   헤일리의 깔깔거리는 웃음소리
카슨   칵테일

12월 24일

●

행복한 가정은 일찍 찾아온 천국이다.

조지 버나드 쇼 George Bernard Shaw**(아일랜드의 극작가 · 소설가)**

○

자라는 동안 형제들과 나는 크리스마스이브에 단 하나의 선물만 열어볼 수 있었다. 짐작하겠지만 제일 좋은 선물을 고르려면 기술이 매우 중요했다. 우리는 선물을 하나 골라 들고 천천히 흔들거나 꾹 눌러보며 트리 밑에 있는 모든 선물을 매의 눈으로 살펴봤다. 선택한 '하나'를 열고 나면, 다른 선물이 무엇이었을지 궁금해 좀처럼 잠을 이루지 못했다.

이제 새롭게 생긴 우리의 전통은 바닷가 옆 작은 집에서 큰 트리를 세우는 것이다. 조엘은 발코니에서 고기를 굽고, 다른 사람은 그냥 불 앞에서 아늑한 시간을 보낸다. 별것 없어도 먹고 떠들고 노는 아이들을 지켜보며 크리스마스 기분을 내는, 모두와 함께하는 이 마법 같은 시간이 정말 좋다.

당신도 사랑하는 사람들과 즐거운 곳에서 함께했으면 좋겠다. 크리스마스이브라는 마법이 모든 영광 속에서 펼쳐지길.

12월 25일 ●

크리스마스는 실천하는 사랑이다.
사랑할 때마다 사랑을 줘라.
그게 바로 크리스마스다.

데일 에번스Dale Evans(미국의 가수 · 영화배우) ○

이것도 다 한때겠지만 2019년 크리스마스 아침, 헤일리가 선물 욕심보다 동생에 대한 마음이 더 커 보여서 기분이 좋았다. 아직 세 살이 채 안 된 헤일리는 빨간색과 흰색 줄무늬가 섞인 잠옷을 입고 밤새 헝클어진 머리카락을 애써 정리해 산타 모자를 쓰고 있었다. 좀처럼 가만있지 못하면서도 호프의 방과 연결된 모니터를 하염없이 바라보며 어린 동생이 깨어나길 기다렸다. 트리 밑에 늘어놓은 선물들, 선물들로 불룩한 스타킹들, 심지어 산타 할아버지가 두고 간 쿠키마저 헤일리의 관심을 끌지 못했다.
"사랑해, 내 동생 호프야."
헤일리가 소형 모니터에 대고 속삭였다. 그런 다음 쪽 소리가 나게 모니터에 힘껏 뽀뽀를 했다.
"메리 크리스마스, 호프! 지금 언니가 갈게!"
이 광경이 지금까지 내가 받은 가장 큰 크리스마스 선물이다.

12월 26일

●

믿음을 주면 두려움은 굶어 죽을 것이다.

○

바이러스의 가장 깊고 어두운 공포로부터 벗어나 살아남기 위해 수많은 기도가 시작됐고, 현재도 그 기도는 계속되고 있다.

12월 27일 ●

지금은 쉬어라. 내일 강해지자.

○

휴대전화 충전은 꼬박꼬박 잊지 않으면서 정작 우리 몸을 충전하는 건 깜빡한다. 더 잘하도록 노력하자!

자신감은 '그들이 나를 좋아할 거야'를 의미하지 않는다.
'그들이 날 안 좋아해도 괜찮아'야말로 진정한 자신감이다.

크리스티나 그리미 Christina Grimmie**(미국의 가수)**

우리는 모두 누군가에게 사랑받고 싶어 한다. 하지만 모든 사람을 만족시킬 순 없다는 것도 사실이다.

뭔가 아름다운 일이
머지않아 일어난다.
계속 나아가라.

○

해가 뜨거나 해가 질 무렵 무엇이 당신을 기다리고 있을까?

아니, 당신은 무엇이 기다리고 있으면 좋겠는가?

그 대상을 향해 지치지 말고 끝없이 나아가라!

12월 30일 ●

때로 기적이란 그저 따스한 마음을 지닌 좋은 사람들을 뜻한다.

○

다른 사람의 다정함에 감동해 눈물을 흘린 적이 있는가? 미식축구 선수 드루 브리즈와 인터뷰한 적이 있는데, 이 선수는 코로나바이러스로 큰 피해를 본 루이지애나 사람들에게 500만 달러를 기부했다.

〈투데이〉 인터뷰를 마치며 나는 그에게, 그가 보여준 관대한 행동이 다른 사람에게도 기부에 대한 동기 부여가 될 것 같다고 말했다. 우리는 서로에게 "사랑해요"라고 말했고, 순간 내 마음속 댐이 무너지는 것 같았다. 나는 울음을 터뜨렸다.

두려운 상황과 그 속에서도 빛난 영웅들로 채워진, 코로나19를 취재한 긴 한 주가 마침내 지나고 찾아온 금요일이었다. 나에겐 그저 실컷 울 수 있는 시간이 필요했던 것 같다. 내 친구 드루가 그날 아침 뉴올리언스에 사는 모든 사람에게 보낸 메시지는 간단했지만 의미 깊었다. 버텨내고 희망을 잃지 말라는 그의 말은 매일을 사는 우리에게 좋은 선물이다.

12월 31일

믿음으로 도약하고 신뢰와 함께 놀라운 새해를 시작하라.

세라 밴 브레스내크 Sarah Ban Breathnach(**미국의 작가**)

제나가 새해를 앞두고 내게 아이디어를 하나 알려줬다. 매년 12월 31일 밤 제나의 가족은 아이들을 꼭 껴안고 한 해의 마지막 일몰을 구경한다고 했다. 정말 멋진 이벤트여서 우리 가족도 그렇게 하기로 했다.

몇 시간 후면 종이 모자에 파티용 방울을 흔들면서 빌려온 아이디어를 우리 가족의 연례 축제로 만들 것이다. 우리는 지는 태양에 작별 인사를 하고 새로운 한 해에 인사할 생각이다. 이제 시간이 거의 다 됐다. 모두 즐겁게 한 해의 마지막 밤 보내시길.

미래는 항상 지금 시작되고 있다.

마크 스트랜드 Mark Strand

다시 평범한 하루를 꿈꾸는 모두에게

세계는 현재 심각한 국면을 맞이하고 있고 의학적으로나 사회적
으로나 제대로 된 치료법이 나오지 않은 상태다. 그만큼 2020년
과 2021년은 미래 비전이 또렷하지 않은 해였다.

나는 지금껏 살아오면서 지난 몇 달만큼 많이 울어본 적이 없
다. 슬퍼서 울고, 기뻐서 울고, 가끔은 고마움에 두 딸의 부드러
운 머리카락에 뺨을 비비며 눈물을 흘렸다. 당신도 코로나 기간
에 우리가 함께 겪은 비현실적인 상황을 헤쳐 나가기 위해 최선
을 다했을 것이고, 나와 비슷한 감정의 폭발을 경험했으리라 생
각한다.

우리가 살던 세계는 혼란스러워졌다. 학교와 직장을 떠나 집으로
돌아가는 등 원래 생활하던 건물에서 정상적으로 머물 수 없게
됐다. 그렇다고 보이지 않는 적의 눈을 피해 숨을 곳이 마땅히
있는 것도 아니었다. 손 소독제와 불확실한 것들 속에 매몰된 우
리는 기도를 하며 집에서 지킬 새로운 규칙을 만들었다. 그리고
이는 정상적인 가족의 많은 부분을 순식간에 무너뜨렸다. 삶의
이정표를 세우고 추억을 만들기 위해 마련한 이벤트들을 전처럼
즐길 수 없었고, 졸업 모자나 팀 유니폼은 한구석에 밀어두어야
했다.

그런 한편으로, 바깥 활동이 통제되고 창의적인 발상이 늘면서 많은 사람이 새로운 취미를 찾고, 진작 했어야 했던 할 일 목록들을 지워나갔다. 재봉틀이 콧노래를 부르며 가족과 이웃이 쓸 마스크를 만들었고, 기업들은 환자와 근로자들에게 건넬 인명 구조 장비를 생산하기 위해 자사의 방침을 조금씩 바꿔나갔다. 우려하던 일이 현실로 닥쳤지만, 몇 주 만에 우리는 해결 방법을 찾고 덥수룩하게 자라난 머리카락을 어떻게 다듬을지 공유하기 시작했다. 줌으로 술자리를 즐기고 생일 파티를 열며 서로의 거실을 살펴보는가 하면, 몇몇은 몸매를 가꾸는 데 시간을 보냈고 또 다른 누군가는 삶의 전환점을 돌며 하루를 채웠다. 하지만 모두 공통적으로는 텅 비어버린 찬장과 줄어든 통장 잔액, 갈 곳을 잃은 꿈 등을 생각하며 서로를 걱정했다. 그 와중에 미국에서는 야만적인 행동이 국가의 긴장도를 높였고, 거리에서 시위가 일어나면서 격렬한 논의와 파괴를 동시에 촉발했다. 평화롭게 이뤄지기만 한다면 개혁에 도달할 수 있을지도 모르겠다.

이 책을 쓰기 시작한 건 우리 삶이 아직 '정상'이었을 때였다. 하지만 불과 몇 달 만에 바이러스와 변화로 인한 싸움이 급박하게 일어났고 서로의 입장이 충돌했다. 이 책은 최악의 시기를 보내던 우리의 최고 모습을 기록한 일종의 보고서인 셈이다. 각각의 본문에서 우리는 삶이 통제할 수 없다고 느껴질 때 자신과 주변 사람들을 어떻게 보살펴야 할지 되새겨봤다. 나도 당신처럼 이 격동의 시기를 통해 무엇을 배웠는지를 머릿속에서 정리하는 중이다. 아직 이 시간이 끝나지 않았기 때문이다.

모든 것이 잘될 거라고 나를 안심시킨 신중하고 긍정적인 조엘을 삶의 동반자로 선택한 것은 옳은 일이었다. 앞으로는 컴퓨터 화면이나 두꺼운 창유리 없이 엄마를 끌어안거나 오랜만에 만난 친구와 하이파이브를 하거나 악수를 하는 일을 절대 당연하게 여기지 않을 것이다. 또 나는 미국에서 흑인들이 겪은 일을 쓴 책을 산더미처럼 쌓아놓고 읽었고, 앞으로도 그에 관해 더 많이 배울 생각이다.

이 책의 원고를 출판사에 제출하면서 나는 당신이 이 글을 읽을 때의 상황을 그저 상상만 한다. 어떻게 지내고 있을지 모르겠지만 부디 건강하고 행복하길 바란다. 이 책을 읽는 당신과 우리나라, 그리고 전 세계가 이제 좀더 견고한 토대를 갖추었길 기도한다. 함께할 긴 여정에 전염병 대유행과 전국적인 시위가 포함됐다는 사실이 힘겹긴 하지만, 그래도 서로를 다독이며 슬픔과 나

눔에 관한 대화를 여전히 이어갈 것이다. 그런 가운데 이 책이 당신에게 조금이나마 위로가 되었기를 바랄 따름이다. 치유를 위한 여정에는 도움의 손길도 포함되니, 도움이 필요한 친구나 가족들과 책 내용을 함께 나누는 것도 좋을 것 같다. 한숨 돌린 뒤 희망을 안고 눈앞의 무언가에 함께 맞설 때, 우리에게 힘을 줄 문장으로 작별 인사를 대신한다.

희망은 태양이고 빛이며 열정이다.
그리고 삶을 꽃피우는 근본적인 힘이다.

이케다 다이사쿠 いけだだいさく (일본의 작가)

감사의 글

무엇보다 이 책을 통해 나와 소통해주신 당신께 깊이 감사드립니다. 1년간 꾸준히 매일의 기록을 함께했든, 어느 날 한꺼번에 몰아 그동안의 발자취를 함께했든 간에 나는 매 순간을 사랑했어요. 기쁨과 놀라움, 슬픔, 그리고 사랑이 안겨주는 그 모든 것과 함께한 시간이 소중하게 느껴집니다. 그 순간을 함께해주셔서 다시 한번 감사 인사드려요.

케이트 호이트, 당신의 멋진 아이디어가 무슨 일을 해냈는지 좀 보세요. 이렇게 두 번째 책이 나왔습니다. 내 친구이자 CAA 북 에이전트로서 명언들이 한데 모여 삶을 반영하고 또 이를 많은 사람과 공유할 수 있다는 걸 알려주셔서 감사해요. 당신은 항상 우리에게 무엇이 필요한지 알고 있죠.

펭귄랜덤하우스의 팀원 여러분, 저희의 원래 목표였던 사람들을 돕는 일에 함께해주셔서 감사합니다. 미셸 하우리 편집장님, 변함없이 뭐든 할 수 있다는 당신의 태도는 위로가 될 뿐 아니라 전염성도 있더군요. 이반 헬드, 샐리 킴, 알렉시스 웰비와 케이티 그린치, 애슐리 매클레이와 에밀리 밀리넥, 티파니 에스트리처, 케이티 리겔, 모니카 코르도바, 메레디스 드로스, 마이자 발다우프, 재니스 쿠르지우스, 그리고 애슐리 디 디오에게 크고 진심 어린 감사를 전합니다. 어떻게 다들 그처럼 집단적이고 창조적인 에너지를 유지하는지 놀라울 뿐이에요. 정말 감사합니다. 여러분의 뛰어난 능력은 이 책을 안팎으로 더 좋게 만들었어요. 흔치 않은 이 고난의 시기에 이토록 긍정적이고 영감을 주는 프로젝트를 진행할 수 있음에 감사드립니다.

그리고 마지막으로 비할 데 없는 최고의 작가이자 가장 친한 친구인 제인 로렌치니에게 감사 인사를 하고 싶습니다. 나는 아직도 20년 전에 네가 써준 이 글을 간직하고 있어.
'난 전부 너의 것이고 그건 너도 마찬가지야. 그렇게 우린 서로의 모든 것이란다.'

나의
하루를
지켜주는
말

This Just Speaks to Me

1일 1페이지 일상의 쉼표

나의 하루를 지켜주는 말

제1판 1쇄 발행 | 2022년 2월 24일
제1판 2쇄 발행 | 2022년 4월　4일

지은이 | 호다 코트비, 제인 로렌치니
옮긴이 | 양소하
펴낸이 | 오형규
펴낸곳 | 한국경제신문 한경BP
책임편집 | 윤혜림
교정교열 | 공순례
저작권 | 백상아
홍보 | 서은실 · 이여진 · 박도현 · 하승예
마케팅 | 배한일 · 김규형
디자인 | 지소영
본문디자인 | 디자인 현

주소 | 서울특별시 중구 청파로 463
기획출판팀 | 02-3604-590, 584
영업마케팅팀 | 02-3604-595, 583   FAX | 02-3604-599
H | http://bp.hankyung.com   E | bp@hankyung.com
F | www.facebook.com/hankyungbp
등록 | 제 2-315(1967. 5. 15)

ISBN 978-89-475-4792-5   03840